L'ÉCUME DES JOURS

Paru dans Le Livre de Poche :

Romans, nouvelles et essais

L'ARRACHE-CŒUR
BLUES POUR UN CHAT NOIR
CHRONIQUES DU MENTEUR
CONTES DE FÉES À L'USAGE DES MOYENNES PERSONNES
ÉCRITS PORNOGRAPHIQUES
ELLES SE RENDENT PAS COMPTE
ET ON TUERA TOUS LES AFFREUX
LES FOURMIS
L'HERBE ROUGE
J'IRAI CRACHER SUR VOS TOMBES
LE LOUP-GAROU ET AUTRES NOUVELLES
MANUEL DE SAINT-GERMAIN-DES-PRÉS
LES MORTS ONT TOUS LA MÊME PEAU
LE RATICHON BAIGNEUR
ROMANS, NOUVELLES ET ŒUVRES DIVERSES *(La Pochothèque)*
TRAITÉ DE CIVISME
TROUBLE DANS LES ANDAINS

Théâtre

L'ÉQUARRISSAGE POUR TOUS
suivi de SÉRIE BLÊME *et de* TÊTE DE MÉDUSE
LE GOÛTER DES GÉNÉRAUX
suivi de LE DERNIER DES MÉTIERS *et de* LE CHASSEUR FRANÇAIS
PETITS SPECTACLES

Cinéma

LA BELLE ÉPOQUE
CINÉMA SCIENCE-FICTION
RUE DES RAVISSANTES ET 19 AUTRES SCÉNARIOS

Poésie

CANTILÈNES EN GELÉE
CENT SONNETS
JE VOUDRAIS PAS CREVER

Musique

LE CHEVALIER DE NEIGE – OPÉRAS
CHRONIQUES DE JAZZ
DERRIÈRE LA ZIZIQUE
ÉCRITS SUR LE JAZZ
EN AVANT LA ZIZIQUE...
JAZZ IN PARIS

BORIS VIAN

L'Écume des jours

ÉDITION ÉTABLIE, PRÉSENTÉE ET ANNOTÉE
PAR GILBERT PESTUREAU ET MICHEL RYBALKA

PAUVERT

© Gallimard, 1947.
© Fayard, 1996.
ISBN : 978-2-253-12212-8 – 1re publication – LGF

Le premier roman publié de Vian, Vercoquin et le Plancton, *fut terminé au milieu de l'année 1945. Commença-t-il alors à projeter un futur* L'Écume des jours *? Une note de 1949, passée jusqu'ici inaperçue, révèle que l'intuition essentielle du roman – la révélation d'un air de jazz magique qui s'incarnera dans une belle jeune femme – date de 1943*; cependant la composition elle-même doit être datée de fin 1945 à avril 1946. Les notes préparatoires à son œuvre la plus célèbre révèlent que l'inspiration se teinte déjà de jeux de mots, puisqu'il s'agit de l'histoire de « Zin(Zolin) ** ». L'essentiel de l'intrigue est acquis d'emblée : le jeune homme riche, danseur, amoureux; la très*

---

* *Voir dans* Écrits sur le jazz, *C. Bourgois, 1981, 1274, un texte écrit en 1949 pour* Jazz News *et qui évoque le coup de foudre de 1943 pour le chorus central de* Chloe, *certes velouté et sensuel, du saxo ténor Ben Webster.*

** *Cf.* L'Écume des jours, *C. Bourgois, 1994, 209-229.*

belle jeune fille malade ; l'horreur du travail ; la mort. Des éléments importants aussi : le passage du nom de Zin ou Zolin à Colin, le nénuphar, l'île-cimetière, la passion du collectionneur de livres, l'apparition de Jean-Sol Partre, une préface insistant sur le tragique passage de l'adolescence insouciante à l'âge du mariage et de la responsabilité. Un second groupe de notes nomme les personnages – dont Chloé – et précise nombre d'épisodes et de détails définitifs.

Dès lors s'opèrent le croisement et la fécondation de maintes inspirations caractéristiques d'un esprit cultivé, ouvert, alerte, à la fois tonique et amer : la vie certes – adieux à l'insouciante jeunesse, amour et mariage, maladie et opération de Michelle, monde terrifiant du travail répétitif ou destructeur, nécessité de gagner sa vie –, des lectures de toutes sortes – Faulkner avec en particulier Moustiques, *les bayous et marais du bas Mississippi, les fleurs vénéneuses ; P. G. Wodehouse et son* butler *Jeeves ; Lewis Carroll, Raymond Queneau, Mac Orlan… –, le cinéma américain, comédies musicales, films burlesques, dessins animés ; le jazz surtout dont la présence est non seulement évidente mais fondamentale pour l'interprétation : style* New Orleans *puis enthousiasme jamais démenti pour le « Duke », Edward Kennedy Ellington, qui* *n'a pas seulement soufflé à notre auteur le prénom poétique et mythique, Chloé*.*

L'Écume des jours *fut rédigé au dos d'imprimés de l'AFNOR (Association française de normalisation) où travaillait alors Vian et le manuscrit est daté du « 10 mars 1946 » — vingt-sixième anniversaire de l'auteur — mais, comme les lieux de composition indiqués sont fantaisistes — La Nouvelle-Orléans, Memphis, Davenport, alors que Vian n'est jamais allé aux États-Unis —, on ne peut faire confiance ici au « Menteur » qu'il aimait être. Le mois d'avril 1946 est vraisemblable puisque Sartre et S. de Beauvoir ont eu le manuscrit en mains en mai 1946 pour en publier des fragments dans* Les Temps modernes *d'octobre suivant (nº 13, 30-61). L'édition originale parut chez Gallimard / NRF le 20 mars 1947.*

RÉCEPTION

Soutenu par Raymond Queneau, secrétaire général des éditions Gallimard, ami fidèle et bientôt complice en 'Pataphysique, par Jacques Lemar-

---

* *Cf. G. Pestureau*, Boris Vian, les Amerlauds et les Godons, *UGE, 10/18; 186-188, 242, 413-419.*

9

chand et Jean-Paul Sartre, le manuscrit du roman avait été présenté au Prix de la Pléiade, mais le jury lui préféra finalement l'œuvre du candidat de Malraux, Jean Grosjean, poète biblique. La déception de Vian fut grande et cette décision changea sans doute tout l'avenir de son œuvre. Ses « vrais » romans dont ce chef-d'œuvre furent en effet bientôt occultés par ceux de « Vernon Sullivan* » et Gallimard cessa de le publier. En dépit du soutien des Temps modernes, cette première grande œuvre passa à peu près inaperçue.

Après la mort de Vian en 1959, il fallut attendre la réédition de Jean-Jacques Pauvert puis de la collection 10/18 en 1963 pour que L'Écume des jours devienne l'extraordinaire succès de librairie qu'il est encore. Le Club Français du Livre publia une édition reliée en 1965 puis Christian Bourgois poursuivit les tirages et éditions, dont enfin l'édition critique établie sur le manuscrit par G. Pestureau et M. Rybalka, en 1994**. Un film fut réalisé en 1968 par Charles Belmont avant maintes adaptations théâtrales et même un opéra hélas raté. Il est

---

* En 1946, Vian prit le pseudonyme de Vernon Sullivan pour écrire un pastiche-canular de thriller américain, J'irai cracher sur vos tombes.

** Nous reprenons ici le texte de l'édition critique, souvent différent de toutes les éditions antérieures qui ont perpétué les erreurs dues à l'auteur du dactylogramme et aux premiers typographes.

certain que ce roman est l'un des plus appréciés des adolescents d'hier et d'aujourd'hui.

ORIGINALITÉ ET SÉDUCTION DU ROMAN

Deux surprises, dans le roman de Colin et Chloé. D'abord les histoires de couple sont généralement pathétiques par les obstacles mis à la réalisation de l'amour et singulièrement du mariage ; ici, c'est après le mariage que le malheur croît et se déchaîne. Justement – deuxième originalité – d'ordinaire les histoires d'amour qui finissent mal ne finissent pas complètement mal : des personnages survivent, les décors resserviront, les animaux préférés se consoleront auprès d'autres maîtres. Rien de semblable ici et c'est la dimension tragique de cette fiction ; le destin, la puissance de la fatalité s'attaquent par une ironie proprement tragique à tous les êtres jeunes et beaux, à l'appartement qui se décompose avant de disparaître, à la petite souris condamnée à la fin par des êtres innocents mais précisément aveugles, comme la Fortune. Le pathétique s'élève au tragique : nul espoir, nul salut, une cruauté toujours menaçante ou agissante, la machine infernale de la maladie, de la folie, du crime, du suicide…

Mais l'originalité suprême et même l'unicité de cette œuvre sont dans la modernité de cette fatalité.

11

Ce roman d'amour, Vian nous le dit d'emblée, est roman du jazz, roman-jazz. Après l'ouverture au « pianocktail », voici qu'apparaît Alise, enfant du boogie-woogie ; Chloé, elle, naît tout armée – de beauté splendide et fragile, de passion menacée – d'un blues* du Duke ; enfin, après maintes références musicales, les villes prétendues de composition sont les hauts lieux du jazz : ils bouclent le cycle romanesque et musical à la fois. Or, est-il besoin de rappeler que le jazz, même quand il est joyeux, plonge ses racines dans l'esclavage, le malheur, les tortures et la mort ? Ainsi « le plus poignant des romans d'amour contemporains » (R. Queneau) écrit-il le chant désespéré du blues noir, transposant en littérature le style jungle *du Duke des années quarante : vie lumineuse et moiteur étouffante, harmonies brillantes, solaires, et résonances mélancoliques, inquiétantes, sinistres. Un réseau complexe d'images et de significations renforce cette inspiration fondamentale et mène le monde brillant et euphorique du début vers la dégradation inéluctable, vers un espace pourrissant, délétère, envahi par l'eau et complétant le nénuphar létal et faulknérien de Chloé. Baigné d'une mytho-*

---

* *Il s'agit du blues comme forme musicale et non courant historique du jazz.*

logie à la fois grecque et américaine – double valeur du nom de Chloé, malédiction et perte du paradis, fatalité antique et détresse moderne – L'Écume des jours envoûte par le mélange d'innocence et de violence, de sensualité pure sublimée par le jazz et de double malédiction de l'argent et du travail servile ou destructeur.

Après des pochades pour les copains, Vian écrit ici sa première œuvre poétique vraie et forte. À travers des êtres jeunes, frères mais fortement différenciés – Alise dynamique et Chloé qui s'abandonne, Colin voué à l'amour et Chick maniaque de Partre, Isis médiatrice du destin et Nicolas qui échappe à peine au monde de l'adolescence* –, apparaissent tous les thèmes essentiels analysés précédemment : une société maudite de travail-esclavage, d'argent, de police, d'armée, d'église ; le vitalisme propre à l'imaginaire de Vian – pierre vivante, lapin-machine, plante-fusil, souris-âme, femme-fleur ; l'univers fantastique qu'il nous rend naturel. L'écriture pose d'emblée ce style qui transforme l'horreur en beauté, en burlesque ou en loufoque, et l'humour noir est le comique du désespoir. La poésie du rythme – heptasyllabe fondamental des chapitres XVI et XXXII, alexandrins blancs du chapitre LXIII –, des harmo-

---

* Pour l'étude des personnages, on pourra se reporter à G. Pestureau, Dictionnaire Vian, C. Bourgois, 1993.

nies et des images côtoie la caricature et la satire, avec une sorte d'individualisme anarchiste.

Ce roman, première œuvre accomplie de l'auteur et coup de maître posthume, a justement inspiré de multiples interprétations critiques, depuis des analyses très classiques jusqu'à des délires individuels en passant par d'astucieuses lectures. Sa valeur est annoncée dès l'Avant-propos par la proclamation sans ambages de la primauté de l'imaginaire, de la puissance de la poésie, de la fusion possible entre musique et littérature, du triomphe du rêve. L'Écume des jours *ne serait-il pas alors le grand roman capable de réconcilier les tenants du surréalisme avec un genre qu'ils condamnaient?* C'est en tout cas l'un des plus constants succès de librairie pour la littérature française contemporaine, le roman-phare de Boris Vian, tout baigné d'humour et de jazz, écume dorée, tremblante et fragile de nos jours sensuels et menacés qui s'enfuient.

G. P.

L'ÉCUME DES JOURS

Pour mon bibi[1]

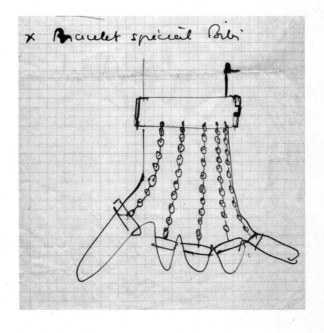

1. Surnom affectueux pour Michelle, première épouse de Vian.

AVANT-PROPOS

Dans la vie, l'essentiel est de porter sur tout des jugements *a priori*. Il apparaît en effet que les masses ont tort, et les individus toujours raison. Il faut se garder d'en déduire des règles de conduite : elles ne doivent pas avoir besoin d'être formulées pour qu'on les suive. Il y a seulement deux choses : c'est l'amour, de toutes les façons, avec des jolies filles, et la musique de La Nouvelle-Orléans[1] ou de Duke Ellington[2]. Le reste devrait disparaître, car le reste est laid, et les quelques pages de démonstration qui suivent

1. La Nouvelle-Orléans, fondée par Bienville en 1718 en l'honneur du Régent, duc d'Orléans ; capitale de la Louisiane qui passa aux États-Unis en 1803. À la limite du « Vieux Carré » ou *French Quarter*, Storyville, quartier chaud de ce grand port, fut le centre de développement du jazz (cf. note 2, p. 335).
2. Edward Kennedy Ellington (1899-1974), dit « Duke » (le Duc), est l'un des plus grands musiciens de toute l'histoire du jazz. Pianiste, compositeur et chef d'orchestre noir de génie, son œuvre est caractérisée par des styles successifs tels le style *jungle* – effets de trompettes et trombones bouchés, raucité « vocale » des cuivres… –, le style *mood* ou d'atmosphère, le style concerto pour la mise en valeur d'un soliste. Boris Vian, qui devint son ami, n'a jamais varié dans son admiration totale pour « Duke ».

tirent toute leur force du fait que l'histoire est entièrement vraie, puisque je l'ai imaginée d'un bout à l'autre. Sa réalisation matérielle proprement dite consiste essentiellement en une projection de la réalité, en atmosphère biaise et chauffée, sur un plan de référence irrégulièrement ondulé et présentant de la distorsion. On le voit, c'est un procédé avouable, s'il en fut.

La Nouvelle-Orléans.
10 mars 1946.

I

Colin terminait sa toilette. Il s'était enveloppé, au sortir du bain, d'une ample serviette de tissu bouclé dont seuls ses jambes et son torse dépassaient. Il prit à l'étagère, de verre, le vaporisateur et pulvérisa l'huile fluide et odorante sur ses cheveux clairs. Son peigne d'ambre divisa la masse soyeuse en longs filets orange pareils aux sillons que le gai laboureur trace à l'aide d'une fourchette dans de la confiture d'abricots. Colin reposa le peigne et, s'armant du coupe-ongles, tailla en biseau les coins de ses paupières mates, pour donner du mystère à son regard. Il devait recommencer souvent, car elles repoussaient vite. Il alluma la petite lampe du miroir grossissant et s'en approcha pour vérifier l'état de son épiderme. Quelques comédons saillaient aux alentours des ailes du nez. En se voyant si laids dans le miroir grossissant, ils rentrèrent prestement sous la peau et, satisfait, Colin éteignit la lampe. Il détacha la serviette qui lui ceignait les reins et

21

passa l'un des coins entre ses doigts de pied pour absorber les dernières traces d'humidité.

Dans la glace, on pouvait voir à qui il ressemblait, le blond qui joue le rôle de Slim dans *Hollywood Canteen*[1]. Il avait la tête ronde, les oreilles petites, le nez droit, le teint doré. Il souriait souvent, d'un sourire de bébé, et, à force, cela lui avait fait venir une fossette au menton. Il était assez grand, mince, avec de longues jambes, et très gentil. Le nom de Colin lui convenait à peu près. Il parlait doucement aux filles et joyeusement aux garçons. Il était presque toujours de bonne humeur, le reste du temps il dormait.

Il vida son bain en perçant un trou dans le fond de la baignoire. Le sol de la salle de bains, dallé de grès cérame jaune clair, était en pente et orientait l'eau vers un orifice situé juste au-dessus du bureau du locataire de l'étage inférieur. Depuis peu, sans prévenir Colin, ce dernier avait changé son bureau de pièce. Maintenant, l'eau tombait sur son garde-manger.

Il glissa ses pieds dans des sandales de cuir de roussette et revêtit un élégant costume d'inté-

---

1. Comédie musicale inspirée d'une entreprise bénévole de Bette Davis, John Garfield et autres artistes pour recevoir et distraire les G.I.'s de retour du Pacifique, en 1942. Le film fut tourné en 1944 par D. Daves avec ces mêmes vedettes. Le rôle du jeune G.I. Slim qui tombe amoureux d'une star, amour partagé comme il se doit, est joué par Robert Hutton.

rieur. Son pantalon était de velours à côtes vert d'eau très profonde et son veston de calmande noisette. Il accrocha la serviette au séchoir, posa le tapis de bain sur le bord de la baignoire et le saupoudra de gros sel afin qu'il dégorgeât toute l'eau contenue. Le tapis se mit à baver en faisant des grappes de petites bulles savonneuses.

Il sortit de la salle de bains et se dirigea vers la cuisine afin de surveiller les derniers préparatifs du repas. Il avait invité à dîner, comme tous les lundis soir, son camarade Chick[1], qui habitait tout près. On n'était encore que samedi, mais Colin se sentait l'envie de voir Chick et de lui faire goûter le menu élaboré avec une joie sévère par Nicolas[2], son nouveau cuisinier. Chick était aussi célibataire. Il avait le même âge que Colin, vingt-deux ans, et des goûts littéraires comme

1. Sur le manuscrit on lit d'abord « Jacques Chickago », métissage de Jacques Loustalot dit « le Major », grand ami de la jeunesse de Vian, et de Chicago, deuxième ville des États-Unis au nom indien et haut lieu du jazz. Vian a donc voulu atténuer l'anecdote personnelle en simplifiant ce nom et en lui donnant une allure plus fictionnelle, mais il faut retenir le rapport à l'une des capitales du jazz, auprès de New Orleans, Memphis et Davenport (cf. note 2, p. 335). On pense en outre au grand batteur Chick Webb (1909-1939).

2. Ce cuisinier-maître d'hôtel si raffiné, stylé et supérieur doit beaucoup au célèbre *butler* Jeeves de P. G. Wodehouse, conseiller, professeur d'élégance et providence de son jeune maître Bertram Wooster, et membre du Club des Gens de maison. Mais Jeeves est totalement étranger à la haute cuisine !

23

lui, mais moins d'argent. Colin possédait une fortune suffisante pour vivre convenablement sans travailler pour les autres, Chick devait aller tous les huit jours au ministère voir son oncle et lui emprunter de l'argent car son métier d'ingénieur ne lui rapportait pas de quoi se maintenir au niveau des ouvriers qu'il commandait, et c'est difficile de commander à des gens mieux habillés et mieux nourris que soi-même. Colin l'aidait de son mieux en l'invitant à dîner toutes les fois qu'il le pouvait, mais l'orgueil de Chick l'obligeait d'être prudent, et de ne pas montrer, par des faveurs trop fréquentes, qu'il entendait lui venir en aide.

Le couloir de la cuisine était clair, vitré des deux côtés, et un soleil brillait de chaque côté car Colin aimait la lumière. Il y avait des robinets de laiton soigneusement astiqués un peu partout. Les jeux des soleils sur les robinets produisaient des effets féeriques. Les souris de la cuisine aimaient danser au son des chocs des rayons de soleil sur les robinets, et couraient après les petites boules que formaient les rayons en achevant de se pulvériser sur le sol, comme des jets de mercure jaune. Colin caressa une des souris en passant – elle avait de très longues moustaches noires, elle était grise et mince et lustrée à miracle –, le cuisinier les nourrissait très bien sans les laisser grossir trop. Les souris ne faisaient pas de bruit dans la journée et jouaient seulement dans le couloir.

Colin poussa la porte émaillée de la cuisine. Le cuisinier Nicolas surveillait son tableau de bord. Il était assis devant un pupitre, également émaillé de jaune clair et qui portait des cadrans correspondant aux divers appareils culinaires alignés le long des murs. L'aiguille du four électrique, réglé pour la dinde rôtie, oscillait entre « presque » et « à point ». Il allait être temps de la retirer. Nicolas pressa un bouton vert, ce qui déclenchait le palpeur sensitif. Celui-ci pénétra sans rencontrer de résistance, et l'aiguille atteignait « à point » à ce moment. D'un geste rapide, Nicolas coupa le courant du four et mit en marche le chauffe-assiettes.

— Ça sera bon ? demanda Colin.

— Monsieur peut en être sûr ! affirma Nicolas. La dinde était parfaitement calibrée.

— Quelle entrée avez-vous préparée ?

— Mon Dieu, dit Nicolas, pour une fois, je n'ai rien innové. Je me suis borné à plagier Gouffé[1].

---

1. Jules Gouffé (1807-1877) est un célèbre cuisinier disciple de Carême. B. Vian tenait en haute estime son fondamental *Livre de cuisine* (1867). Le « pâté chaud d'anguilles » y figure en effet.

— Vous eussiez pu choisir un plus mauvais maître! remarqua Colin. Et quelle partie de son œuvre allez-vous reproduire?

— Il en est question à la page 638 de son *Livre de cuisine.* Je vais lire à Monsieur le passage en question.

Colin s'assit sur un tabouret au siège capitonné de caoutchouc alvéolé, sous une soie huilée assortie à la couleur des murs, et Nicolas commença en ces termes:

— Faites une croûte de pâté chaud comme pour entrée. Préparez une grosse anguille que vous couperez en tronçons de trois centimètres. Mettez les tronçons d'anguille dans une casserole, avec vin blanc, sel et poivre, oignons en lames, persil en branches, thym et laurier et une petite pointe d'ail.

— Je n'ai pas pu l'aiguiser comme j'aurais voulu, dit Nicolas, la meule est trop usée.

— Je la ferai changer, dit Colin.

Nicolas continua:

— Faites cuire. Retirez l'anguille de la casserole et remettez-la dans un plat à sauter. Passez la cuisson au tamis de soie, ajoutez de l'espagnole et faites réduire jusqu'à ce que la sauce masque la cuillère. Passez à l'étamine, couvrez l'anguille de sauce et faites bouillir pendant deux minutes. Dressez l'anguille dans le pâté. Formez un cordon de champignons tournés sur le bord de la croûte, mettez un bouquet de laitances de carpes au milieu. Saucez avec la partie de la sauce que vous avez réservée.

– D'accord, approuva Colin. Je pense que Chick aimera ça.

– Je n'ai pas l'avantage de connaître Monsieur Chick, conclut Nicolas, mais s'il ne l'aime pas, je ferai autre chose la prochaine fois, et cela me permettra de situer avec une quasi-certitude l'ordre spatial de ses goûts et dégoûts.

– Voui!… dit Colin. Je vous quitte, Nicolas. Je vais m'occuper du couvert.

Il prit le couloir dans l'autre sens et traversa l'office pour aboutir à la salle à manger-studio dont le tapis bleu pâle et les murs beige-rose étaient un repos pour les yeux ouverts.

La pièce, de quatre mètres sur cinq environ, prenait jour sur l'avenue Louis-Armstrong[1] par deux baies allongées. Des glaces sans tain coulissaient sur le côté et permettaient d'introduire les odeurs du printemps lorsqu'il s'en rencontrait à l'extérieur. Du côté opposé, une table de chêne

---

1. Louis Daniel Armstrong (1900-1971), dit « Satchmo » ou « Pops », trompette, chanteur, chef d'orchestre noir de La Nouvelle-Orléans et gloire de ce berceau du jazz. Célèbre particulièrement pour ses enregistrements avec ses orchestres *Hot Five* et *Hot Seven*, puis, plus commercialement, avec ses rôles dans les films de Hollywood à partir de 1935 et grâce à ses tournées mondiales.

souple occupait l'un des coins de la pièce. Deux banquettes à angle droit correspondaient à deux des côtés de la table et des chaises assorties, à coussins de maroquin bleu, garnissaient les deux côtés libres. Le mobilier de cette pièce comprenait en outre un long meuble bas, aménagé en discothèque, un pick-up du plus fort module et un meuble, symétrique du premier, contenant les lance-pierres, les assiettes, les verres et les autres ustensiles que l'on utilise pour manger chez les civilisés.

Colin choisit une nappe bleu clair assortie au tapis. Il disposa, au centre de la table, un surtout formé d'un bocal de formol à l'intérieur duquel deux embryons de poulet semblaient mimer le *Spectre de la Rose*[1], dans la chorégraphie de Nijinsky[2]. Alentour, quelques branches de mimosa en lanières : un jardinier de ses amis l'obtenait par croisement du mimosa ordinaire, en boules, avec le ruban de réglisse noir que l'on trouve chez les merciers en sortant de classe. Puis il prit, pour chacun, deux assiettes de porcelaine blanche croisillonnée d'or transparent, un couvert d'acier inoxydable aux manches ajourés

1. Musique de ballet de Carl Maria von Weber (1786-1826).
2. Vaslav Fomitch Nijinski (1890-1950), danseur et chorégraphe russe devenu l'âme des Ballets russes grâce à Diaghilev à partir de 1909 à Paris. Il a fait profiter de ses qualités exceptionnelles maints ballets dont *Daphnis et Chloé* (cf. note 1, p. 54-55 et note 1, p. 71). A sombré dans la folie en 1918.

dans chacun desquels une coccinelle empaillée, isolée entre deux plaquettes de plexiglas, portait bonheur ; il ajouta une coupe de cristal et des serviettes pliées en chapeau de curé ; ceci prenait un certain temps. À peine achevait-il ses préparatifs que la sonnette se détacha du mur et le prévint de l'arrivée de Chick.

Colin effaça un faux pli de la nappe et s'en fut ouvrir.

— Comment vas-tu ? demanda Chick.

— Et toi ? répliqua Colin. Enlève ton imper et viens voir ce que fait Nicolas.

— Ton nouveau cuisinier ?

— Oui ! dit Colin. Je l'ai échangé à ma tante contre l'ancien et un kilog de café belge.

— Il est bien ? demanda Chick.

— Il a l'air de savoir ce qu'il fait. C'est un disciple de Gouffé.

— L'homme de la malle ? s'enquit Chick, horrifié[1].

Sa petite moustache noire s'abaissait tragiquement.

---

1. Chick commet une confusion tragi-comique avec une affaire criminelle rocambolesque célèbre en 1889. A.T. Gouffé, huissier parisien cavaleur et passablement proxénète, fut étranglé et « mis en boîte » le 26 août 1889 par un aventurier de bas étage aidé d'une « infernale nymphette ». Dans une véritable hystérie médiatique, on en fit un feuilleton, *La Malle sanglante*, des chansons, un jouet pour enfants – petite malle et cadavre articulé ! –, des pantomimes et un tableau au musée Grévin.

— Non, ballot. Jules Gouffé. Le cuisinier bien connu.

— Oh, tu sais, moi, dit Chick, en dehors de Jean-Sol Partre[1], je ne lis pas grand-chose.

Il suivit Colin dans le couloir dallé, caressa les souris et mit, en passant, quelques gouttelettes de soleil dans son briquet.

— Nicolas, dit Colin en entrant, je vous présente mon ami Chick.

— Bonjour, Monsieur, dit Nicolas.

— Bonjour, Nicolas, répondit Chick. Est-ce que vous n'avez pas une nièce qui s'appelle Alise ?

— Si, Monsieur, dit Nicolas. Une jolie jeune fille, d'ailleurs, si j'ose introduire ce commentaire.

— Elle a un grand air de famille avec vous, dit Chick. Quoique du côté du buste, on puisse noter quelques différences.

— Je suis assez large, dit Nicolas, et elle est évidemment plus développée dans le sens perpendiculaire, si Monsieur veut bien me permettre cette précision.

---

1. Contrepèterie fameuse sur Jean-Paul Sartre (1905-1980) ; est-il besoin de rappeler que cet écrivain, l'un des plus importants du XXᵉ siècle, a publié entre autres *La Nausée* (1938) et *L'Être et le Néant* (1943) ? Vian n'hésite pas à traiter de façon burlesque l'existentialisme à la mode.

— Eh bien, dit Colin, nous voici presque en famille. Vous ne m'aviez pas dit que vous aviez une nièce, Nicolas.

— Ma sœur a mal tourné, Monsieur, dit Nicolas. Elle a fait des études de philosophie. Ce ne sont pas des choses dont on aime à se vanter dans une lignée fière de ses traditions…

— Eh… dit Colin, je crois que vous avez raison. En tout cas, je vous comprends. Montrez-nous donc ce pâté d'anguille…

— Il serait dangereux d'ouvrir le four actuellement, prévint Nicolas. Il pourrait en résulter une dessiccation consécutive à l'introduction d'air moins riche en vapeur d'eau que celui qui s'y trouve renfermé en ce moment.

— Je préfère avoir, dit Chick, la surprise de le voir pour la première fois sur la table.

— Je ne puis qu'approuver Monsieur, dit Nicolas. Puis-je me permettre de prier Monsieur de bien vouloir m'autoriser à reprendre mes travaux ?

— Faites, Nicolas, je vous en prie.

Nicolas se remit à sa tâche, qui consistait en le démoulage d'aspics de filets de sole contisés de lames de truffes, destinés à garnir le hors-d'œuvre de poisson. Colin et Chick quittèrent la cuisine.

– Prendras-tu un apéritif? demanda Colin. Mon pianocktail[1] est achevé, tu pourrais l'essayer.

– Il marche? demanda Chick.

– Parfaitement. J'ai eu du mal à le mettre au point, mais le résultat dépasse mes espérances. J'ai obtenu à partir de la *Black and Tan Fantasy*[2] un mélange vraiment ahurissant.

– Quel est ton principe? demanda Chick.

– À chaque note, dit Colin, je fais correspondre un alcool, une liqueur ou un aromate. La pédale forte correspond à l'œuf battu et la pédale faible à la glace. Pour l'eau de Seltz il faut un trille dans le registre aigu. Les quantités sont en raison directe de la durée: à la quadruple croche équivaut le seizième d'unité, à la noire l'unité, à la ronde la quadruple unité. Lorsque l'on joue un air lent, un système de registre est mis en action de façon que la dose ne soit pas

1. Le pianocktail, création fictionnelle qui unit deux plaisirs sensuels, le gustatif et l'auditif, l'ivresse de l'alcool et celle du jazz, est devenu grâce à un excellent mot-valise l'un des objets fétiches des amateurs de Vian. Il matérialise des synesthésies privilégiées; il renouvelle et modernise évidemment le « clavecin oculaire » du père Castel (projet de 1725; cf. son *Optique des couleurs* [1740] et l'article de Diderot dans l'*Encyclopédie* [1752]) ou l'« orgue à bouche » de Des Esseintes, dans *À rebours* (1884) de Huysmans.

2. De Miley et Ellington, enregistré à New York, en 1927, avec l'orchestre *The Washingtonians* et considéré comme l'un des premiers chefs-d'œuvre du style *jungle* de Duke – auquel se rattache aussi *Chloe*.

augmentée, ce qui donnerait un cocktail trop abondant, mais la teneur en alcool. Et suivant la durée de l'air, on peut si l'on veut faire varier la valeur de l'unité, la réduisant par exemple au centième pour pouvoir obtenir une boisson tenant compte de toutes les harmonies, au moyen d'un réglage latéral.

— C'est compliqué, dit Chick.

— Le tout est commandé par des contacts électriques et des relais; je ne te donne pas de détails, tu connais ça. Et d'ailleurs, en plus, le piano fonctionne réellement.

— C'est merveilleux! dit Chick.

— Il n'y a qu'une chose gênante, dit Colin, c'est la pédale forte pour l'œuf battu. J'ai dû mettre un système d'enclenchement spécial, parce que lorsque l'on joue un morceau trop hot[1], il tombe des morceaux d'omelette dans le cocktail et c'est dur à avaler. Je modifierai ça. Actuellement, il suffit de faire attention. Pour la crème fraîche, c'est le sol grave.

— Je vais m'en faire un sur *Loveless Love*[2], dit Chick. Ça va être terrible.

1. Jazz plein d'expressivité et du feu de l'improvisation; Vian joue évidemment sur les deux sens : brûlant au sens propre puis au sens musical.
2. *Loveless Love* ou *Careless Love* (« Amour sans amour » ou « Amour négligent »), qui annonce la conduite future de Chick avec Alise, est l'un des nombreux blues recueillis dans la tradition ou composés par W. C. Handy (1873-1958), *Father of the Blues*.

— Il est encore dans le débarras dont je me suis fait un atelier, dit Colin, parce que les plaques de protection ne sont pas vissées. Viens, on va y aller. Je le réglerai pour deux cocktails de vingt centilitres environ, pour commencer.

Chick se mit au piano. À la fin de l'air, une partie du panneau de devant se rabattit d'un coup sec et une rangée de verres apparut. Deux d'entre eux étaient pleins à ras bord d'une mixture appétissante.

— J'ai eu peur, dit Colin, un moment, tu as fait une fausse note, heureusement, c'était dans l'harmonie.

— Ça tient compte de l'harmonie? dit Chick.

— Pas pour tout, dit Colin. Ce serait trop compliqué. Il y a quelques servitudes seulement. Bois et viens à table.

II

– Ce pâté d'anguille est remarquable, dit Chick. Qui t'a donné l'idée de le faire?

– Nicolas en a eu l'idée, dit Colin. Il y a une anguille – il y avait, plutôt – qui venait tous les jours dans son lavabo par la conduite d'eau froide.

– C'est curieux! dit Chick. Pourquoi ça?

– Elle passait la tête et vidait le tube de pâte dentifrice en appuyant dessus avec ses dents. Nicolas ne se sert que de pâte américaine à l'ananas et ça a dû la tenter.

– Comment l'a-t-il prise? demanda Chick.

– Il a mis un ananas entier à la place du tube. Quand elle avalait la pâte, elle pouvait déglutir et rentrer sa tête ensuite, mais, avec l'ananas, cela n'a pas marché, et plus elle tirait, plus ses dents entraient dans l'ananas. Nicolas…

Colin s'arrêta.

– Nicolas quoi? dit Chick.

– J'hésite à te le dire, ça va peut-être te couper l'appétit.

– Va donc, dit Chick, il n'en reste presque plus.

– Nicolas est entré à ce moment-là et lui a sectionné la tête avec une lame de rasoir. Ensuite, il a ouvert le robinet et tout le reste est venu.

– C'est tout ? dit Chick. Redonne-moi du pâté. J'espère qu'elle a une nombreuse famille dans le tuyau.

– Nicolas a mis de la pâte à la framboise pour voir… dit Colin. Mais dis-moi, cette Alise dont tu lui parlais… ?

– Je l'envisage en ce moment, dit Chick. Je l'ai rencontrée à une conférence de Jean-Sol. Nous étions tous les deux à plat ventre sous l'estrade et c'est comme ça que je l'ai connue.

– Comment est-elle ?

– Je ne sais pas décrire, dit Chick… elle… elle est jolie…

– Ah !… dit Colin.

Nicolas revenait. Il portait la dinde.

– Asseyez-vous donc avec nous, Nicolas, dit Colin. Après tout, comme disait Chick, vous êtes presque de la famille.

– Je vais d'abord m'occuper des souris, si Monsieur n'y voit pas d'inconvénient, dit Nico-

las. Je reviens. La dinde est découpée. La sauce
est là…

— Tu vas voir, dit Colin. C'est une sauce à la
crème de mangue et au genièvre, cousue dans
des paupiettes de veau tissé. Tu presses dessus et
ça sort en filets.

— Supérieur! dit Chick.

— Tu ne voudrais pas me donner une idée de
la façon dont tu t'y es pris pour entrer en relations avec elle? poursuivit Colin.

— Eh bien… dit Chick, je lui ai demandé si
elle aimait Jean-Sol Partre, et elle m'a dit qu'elle
faisait collection de ses œuvres… Alors, j'ai dit :
moi aussi… et, chaque fois que je lui disais
quelque chose, elle répondait : moi aussi…, et
vice-versa… Alors à la fin, juste pour faire une
expérience existentialiste, je lui ai dit : je vous
aime beaucoup, et elle a dit : oh !

— L'expérience avait raté… dit Colin.

— Oui, dit Chick, mais elle n'est pas partie
tout de même. Alors, j'ai dit : je vais par là. Et
elle a dit : pas moi… Et elle a ajouté : moi, je
vais par là.

— C'est extraordinaire!… assura Colin.

— J'ai dit : moi aussi!… dit Chick, et j'ai été
partout où elle a été…

— Comment ça s'est-il terminé? dit Colin.

– Euh!… dit Chick, c'était l'heure d'aller au lit…

Colin s'étrangla et but un demi-litre de bourgogne avant de se remettre.

– Je vais à la patinoire avec elle demain… dit Chick. C'est dimanche. Tu viens avec nous? Nous choisissons le matin pour qu'il n'y ait pas trop de monde. Ça m'ennuie un peu, remarqua-t-il, parce que je patine mal, mais nous pourrons parler de Partre.

– J'irai… promit Colin. J'irai avec Nicolas. Il a peut-être d'autres nièces.

III

Colin descendit du métro, puis remonta les escaliers. Il émergea dans le mauvais sens et contourna la station pour s'orienter. Il prit la direction du vent avec un mouchoir de soie jaune et la couleur du mouchoir, emportée par le vent, se déposa sur un grand bâtiment de forme irrégulière, qui prit ainsi l'allure de la piscine-patinoire Molitor.

Vers lui, c'était la piscine d'hiver. Il la dépassa et par la face latérale, pénétra dans cet organisme pétrifié en traversant un double jeu battant de portes vitrées à barres de cuivre. Il tendit sa carte d'abonnement, qui fit un clin d'œil au contrôleur à l'aide des deux trous ronds déjà perforés. Le contrôleur répondit par un sourire complice, n'en ouvrit pas moins une troisième brèche dans le bristol orange, et la carte fut aveugle. Colin la remit sans scrupule dans son portecuir en feuilles de Russie et prit à gauche le couloir tapis-de-caoutchouté qui desservait les rangées de cabines. Il n'y avait plus de places au rez-de-chaussée. Il monta donc l'escalier de béton, croisant des êtres grands, car montés sur lames métalliques verticales, qui s'efforçaient à des cabrioles d'allure naturelle malgré l'empêchement évident. Un homme à chandail blanc lui ouvrit une cabine, encaissa le pourboire qui lui servirait pour manger, car il avait l'air d'un menteur, et l'abandonna dans cet in pace après avoir, d'une craie négligente, tracé les initiales du client sur un rectangle noirci disposé, à cet effet, à l'intérieur de la cabine. Colin remarqua que l'homme n'avait pas une tête d'homme, mais de pigeon, et ne comprit pas pourquoi on l'avait affecté au service de la patinoire plutôt qu'à celui de la piscine.

Il montait de la piste une rumeur ovale que la musique des haut-parleurs, disséminés tout autour, rendait confuse. Le piétinement des patineurs n'atteignait pas encore le niveau sonore des moments d'affluence où il présente une analogie avec le bruit des pas d'un régiment dans la boue giclant sur du pavé. Colin cherchait des yeux Alise et Chick mais ils ne paraissaient pas sur la glace. Nicolas devait le rejoindre un peu plus tard, il avait encore à faire à la cuisine, pour préparer le repas de midi.

Colin défit les lacets de ses chaussures, les enleva et s'aperçut que les semelles étaient parties. Il tira de sa poche un rouleau de taffetas gommé mais il n'en restait pas assez. Il disposa alors les chaussures dans une petite mare qui s'était formée sous la banquette de ciment et les arrosa d'engrais concentré afin que le cuir repousse. Il enfila alors une paire de chaussettes de laine à larges bandes jaunes et violettes alternées et mit ses souliers de patinage ; la lame de ses patins se divisait en deux vers l'avant pour lui permettre des changements de direction plus aisés.

Il sortit, redescendit un étage. Ses pieds se tordaient un peu sur les tapis de caoutchouc perforé qui garnissaient les couloirs bétonnés. Au moment de se hasarder sur la piste, il dut remonter en toute hâte les deux marches de bois pour éviter de choir ; une patineuse, à la fin d'un magnifique grand-aigle, venait de laisser tomber un gros œuf qui se brisa contre les pieds de Colin.

Pendant qu'un des varlets-nettoyeurs venait en ramasser les fragments épars, Colin aperçut Chick et Alise qui aboutissaient à la piste de l'autre côté. Il leur fit un signe qu'ils ne virent pas et s'élança à leur rencontre, mais sans tenir compte du sens giratoire ; il en résulta la formation rapide d'un considérable amas de protestants auxquels vinrent s'agglomérer, de seconde

41

en seconde, des humains qui battaient l'air désespérément de leurs bras, de leurs jambes, de leurs épaules et de leur corps entier avant de s'effondrer sur les premiers chus. Le soleil ayant fait fondre la surface, ça clapotait en dessous du tas.

En peu de temps, les neuf dixièmes des patineurs étaient rassemblés là, et Chick et Alise disposaient de la piste pour eux seuls ou à peu près. Ils s'approchèrent de la masse grouillante, et Chick, reconnaissant Colin à ses patins bifides, l'extirpa de l'ensemble en le saisissant par les chevilles. Ils se serrèrent la main, Chick présenta Alise et Colin se mit à la gauche de celle-ci dont Chick occupait déjà le flanc dextre. Ils se rangèrent, en arrivant à l'extrémité droite de la piste, pour laisser place aux varlets-nettoyeurs, qui, désespérant de récupérer dans la montagne de victimes autre chose que des lambeaux sans intérêt d'individualités dissociées, s'étaient munis de leurs raclettes pour éliminer le total des allongés, et fonçaient vers le trou à raclures en chantant l'hymne de Molitor, composé en 1709 par Vaillant-Couturier[1] et qui commence ainsi :

---

1. Ce rédacteur en chef de *L'Humanité* et membre du Comité central du Parti communiste français (1892-1937) semble incongru ici, mais Vian le cite comme auteur de chansons antimilitaristes dans *En avant la zizique…* (1958).

Messieurs et Mesdames,
Veuillez évacuer la piste,
(S'il vous plaît)
Pour nous permettre de
Procéder au nettoyage…

Le tout ponctué de coups de clackson destinés à entretenir au fond des âmes les mieux trempées un frisson d'incoercible terreur.

Les patineurs encore debout applaudirent à cette initiative et la trappe se referma sur l'ensemble. Chick, Alise et Colin firent une courte prière et reprirent leur giration.

Colin regardait Alise. Elle portait, par un hasard étrange, un sweat-shirt blanc et une jupe jaune. Elle avait des souliers blanc et jaune et des patins de hockey. Elle avait des bas de soie fumée et des socquettes blanches repliées sur le haut des chaussures à peine montantes et lacées de coton blanc, faisant trois fois le tour de la cheville. Elle comportait en outre un foulard de soie vert vif et des cheveux blonds extraordinairement touffus, encadrant son visage d'une masse frisée serré. Elle regardait au moyen d'yeux bleus ouverts et son volume était limité par une peau fraîche et dorée. Elle possédait des bras et des mollets ronds, une taille fine et un buste si bien dessiné que l'on eût dit une photographie.

43

Colin se mit à regarder de l'autre côté pour retrouver son équilibre. Il y parvint et, baissant les yeux, demanda à Chick si le pâté d'anguille était passé sans encombre.

— Ne m'en parle pas, dit Chick. J'ai pêché dans mon robinet toute la nuit pour voir si j'en trouverais une aussi. Mais chez moi il ne vient que des truites.

— Nicolas doit pouvoir en faire quelque chose! assura Colin. Vous avez, poursuivit-il en s'adressant plus particulièrement à Alise, un oncle extraordinairement doué.

— C'est l'orgueil de la famille, dit Alise. Ma mère ne se console pas de n'avoir épousé qu'un agrégé de mathématiques alors que son frère a réussi si brillamment dans la vie.

— Votre père est agrégé de mathématiques?

— Oui, il est professeur au Collège de France et membre de l'Institrut ou quelque chose comme ça… dit Alise, c'est lamentable à trente-huit ans. Il aurait pu faire un effort. Heureusement il y a oncle Nicolas.

— Ne devait-il pas venir ce matin? demanda Chick.

Un parfum délicieux montait des clairs cheveux d'Alise. Colin s'écarta un peu.

— Je crois qu'il sera en retard. Il avait quelque chose en tête, ce matin… Si vous veniez déjeuner à la maison tous les deux?... On verra ce que c'était!...

— Très bien, dit Chick, mais si tu crois que je vais accepter une proposition comme ça, tu te forges une fausse conception de l'univers. Il faut que tu te trouves une quatrième. Je ne vais pas laisser Alise aller chez toi, tu la séduirais avec les harmonies de ton pianocktail et je ne veux pas de ça.

— Oh!... protesta Colin. Vous l'entendez?...

Lui n'entendit pas la réponse, car un individu de longueur démesurée, qui faisait depuis cinq minutes une démonstration de vitesse, venait de lui passer entre les jambes, courbé en avant à l'extrême limite, et le courant d'air ainsi produit soulevait Colin à quelques mètres au-dessus du sol. Il s'agrippa au rebord de la galerie du premier étage, fit un rétablissement et retomba aux côtés de Chick et d'Alise, l'ayant exécuté dans le mauvais sens.

— On devrait les empêcher d'aller si vite! dit Colin.

Puis il fit un signe de croix car le patineur venait de s'écraser contre le mur du restaurant à l'extrémité opposée de la piste, et restait collé là, comme une méduse de papier mâché écartelée par un enfant cruel.

Les varlets-nettoyeurs firent, une fois de plus, leur office et l'un d'eux planta une croix de glace à l'endroit de l'accident. Pendant qu'elle fondait, le préposé passa des disques religieux.

Puis, tout rentra dans l'ordre. Chick, Alise et Colin tournaient toujours.

IV

— Voici Nicolas ! s'écria Alise.

— Et voilà Isis ! dit Chick.

Nicolas venait d'apparaître au contrôle et Isis sur la piste. Le premier se dirigea vers les étages supérieurs, la seconde vers Colin, Chick et Alise.

— Bonjour Isis, dit Colin. Je vous présente Alise. Alise, c'est Isis. Vous connaissez Chick.

Il y eut du serrage de mains et Chick en profita pour filer avec Alise, laissant Isis aux bras de Colin, lesquels démarrèrent à la suite.

— Je suis contente de vous voir, dit Isis.

Colin était content de la voir aussi. Isis, en dix-huit ans d'âge, était parvenue à se munir de cheveux châtains, d'un sweat-shirt blanc et d'une jupe jaune avec un foulard vert acide, de chaussures blanches et jaunes et de lunettes de soleil. Elle était jolie. Mais Colin connaissait très bien ses parents.

— Il y a une matinée chez nous, la semaine prochaine, dit Isis. C'est l'anniversaire de Dupont.

— Qui, Dupont?

— Mon caniche. Alors j'ai invité tous les amis. Vous viendrez? à quatre heures.

— Oui! dit Colin, très volontiers…

— Demandez à vos amis de venir! dit Isis.

— Alise et Chick?

— Oui, ils sont gentils aussi. Alors à dimanche prochain!

— Vous partez déjà? dit Colin.

— Oui… je ne reste jamais très longtemps… Je suis déjà là depuis dix heures, vous savez, tout de même…

— Il n'est qu'onze heures! dit Colin.

— J'étais au bar!… Au revoir!…

V

Colin se hâtait par les rues lumineuses. Il soufflait un vent sec et vif et, sous ses pieds, de petites places de glace craquelées s'écrasaient en crépitant.

Les gens cachaient leur menton dans ce qu'ils pouvaient trouver : leur col de pardessus, leur foulard, leur manchon, il en vit même un qui employait à cet usage une cage à oiseau en fil de fer dont la porte à ressort lui appuyait sur le front.

— Je vais demain chez les Ponteauzanne, pensait Colin.

C'étaient les parents d'Isis.

— Je dîne ce soir avec Chick…

— Je vais rentrer chez moi me préparer pour demain…

Il fit un grand pas pour éviter une raie du bord du trottoir qui paraissait dangereuse.

— Si je peux faire vingt pas sans marcher dessus, dit Colin, je n'aurai pas de bouton sur le nez demain…

49

— Ça ne fait rien, conclut-il, en écrasant de tout son poids la neuvième raie, c'est idiot, ces trucs-là. Je n'aurai pas de bouton quand même.

Il se baissa pour cueillir une orchidée bleue et rose que le gel avait fait sortir de terre.

Elle sentait le parfum des cheveux d'Alise.

— Je verrai Alise demain !

C'était une pensée à éviter. Alise appartenait à Chick de plein droit.

— Je trouverai certainement une fille demain !

Mais ses pensées s'attardaient sur Alise.

— Est-ce qu'ils parlent vraiment de Jean-Sol Partre lorsqu'ils sont tout seuls ?…

Il valait peut-être mieux aussi ne pas penser à ce qu'ils faisaient lorsqu'ils se trouvaient tout seuls.

— Combien Jean-Sol Partre a-t-il écrit d'articles depuis un an ?…

De toutes façons, il ne lui restait pas le temps de les compter jusque chez lui.

— Qu'est-ce que Nicolas va faire pour ce soir ?

À bien y réfléchir, la ressemblance d'Alise et de Nicolas ne présentait rien d'extraordinaire, puisqu'ils étaient de la même famille. Mais ça ramenait, en douce, au sujet défendu.

— Qu'est, dis-je, ce que Nicolas va faire pour ce soir ?

— Je ne sais pas ce que Nicolas, qui ressemble à Alise, va faire pour ce soir.

Nicolas a onze ans de plus qu'Alise. Ça lui fait vingt-neuf ans. Il est très doué pour la cuisine. Il va faire du fricandeau.

Colin approchait de sa demeure.

— Les boutiques des fleuristes n'ont jamais de rideau de fer. Personne ne cherche à voler des fleurs.

Cela se comprenait assez. Il cueillit une orchidée orange et grise, dont la corolle délicate fléchissait. Elle brillait de lueurs diaprées.

— Elle a la couleur de la souris à moustaches noires… Je suis arrivé chez moi.

Colin monta l'escalier de pierre habillée de laine et introduisit dans la serrure de la porte de glace argentée une petite clé d'or.

— À moi, mes fidèles serviteurs ! Car me voici de retour.

Il lança son imperméable sur une chaise et s'en fut rejoindre Nicolas.

VI

— Faites, Nicolas, vous du fricandeau ce soir ? demanda Colin.

— Mon Dieu, dit Nicolas, Monsieur ne m'a pas prévenu. J'avais d'autres projets.

— Pourquoi, peste diable boufre, dit Colin, me parlez-vous toujours perpétuellement à la troisième personne ?

— Si Monsieur veut m'autoriser à lui en donner la raison, dit Nicolas, je trouve qu'une certaine familiarité n'est admissible que lorsque l'on a gardé les barrières ensemble, et ce n'est point le cas.

— Vous êtes hautain, Nicolas, dit Colin.

— J'ai l'orgueil de ma position, Monsieur, dit Nicolas, et vous ne sauriez m'en faire grief.

— Bien sûr ! dit Colin. Mais j'aimerais vous voir moins distant.

— Je porte à Monsieur une sincère, quoique dissimulée, affection, dit Nicolas.

— J'en suis fier et heureux, Nicolas, et je vous le rends bien. Ainsi, que faites-vous ce soir ?

– Je resterai, une fois de plus, dans la tradition de Gouffé en élaborant cette fois un andouillon des îles au porto musqué.

– Et ceci s'exécute? dit Colin.

– De la façon suivante : Prenez un andouillon que vous écorcherez malgré ses cris. Gardez soigneusement la peau. Lardez l'andouillon de pattes de homards émincées et revenues à toute bride dans du beurre assez chaud. Faites tomber sur glace dans une cocotte légère. Poussez le feu, et sur l'espace ainsi gagné, disposez avec goût des rondelles de ris mitonné. Lorsque l'andouillon émet un son grave, retirez prestement du feu et nappez de porto de qualité. Touillez avec spatule de platine. Graissez un moule et rangez-le pour qu'il ne rouille pas. Au moment de servir, faites un coulis avec un sachet de lithinés et un quart de lait frais. Garnissez avec les ris, servez et allez-vous-en.

– Je reste sec! dit Colin, Gouffé fut un grand homme. Dites-moi, Nicolas, aurai-je, sur le nez, demain, un bouton?

Nicolas examina le piton de Colin et conclut par la négative.

– Et, pendant que j'y suis, dit Colin, savez-vous comment on danse le biglemoi?

– J'en suis resté au déboîté style Boissière et à la tramontane, créée le semestre dernier à

Neuilly, dit Nicolas, et je ne possède pas à fond le biglemoi, dont je ne connais que les rudiments.

— Croyez-vous, demanda Colin, que l'on puisse acquérir en une séance la technique nécessaire ?

— Il me paraît que oui, dit Nicolas ; pour l'essentiel, ce n'est point compliqué. Il convient d'éviter les erreurs grossières et les fautes de goût : l'une d'elles consisterait à danser le biglemoi sur un rythme de boogie-woogie.

— Ce serait une erreur ?

— Ce serait une faute de goût.

Nicolas reposa sur la table le grapefruit qu'il avait plumé durant cet entretien et se passa les mains à l'eau fraîche.

— Vous êtes pressé ? demanda Colin.

— Mon Dieu, non, Monsieur, dit Nicolas, ma cuisine est en train.

— Alors vous m'obligeriez en m'enseignant ces rudiments de biglemoi, dit Colin. Venez dans le living-room, je vais mettre un disque.

— Je conseille à Monsieur un tempo d'atmosphère, dans le style de *Chloé*[1], arrangé par Duke

---

1. *Chloe* : composition de G. Kahn et N. Moret, sous-titrée *Song of the Swamp* (« Chanson du marécage »), ce qui offre maintes connotations avec les bayous du Mississippi, les plantes aquatiques tel le nénuphar, le roman *Mosquitoes* de Faulkner, etc., et confirme l'inspiration louisianaise et le règne de l'humidité néfaste.

On peut traduire *moody* par « triste », « morose », « en mineur » et *sultry* par « étouffant », « lourd », avec connotations sensuelles.

Ellington, ou du *Concerto pour Johnny Hodges*… dit Nicolas. Ce qu'outre-Atlantique on désigne par *moody* ou *sultry tune*.

Chloe fut enregistré par Duke Ellington (cf. note 2, p. 19) le 28 octobre 1940 à Chicago. On note l'atmosphère mélancolique du morceau et les solos remarquables des musiciens.

Johnny Hodges (1906-1970), saxophoniste de premier ordre souvent cité par Vian, fut son saxo alto préféré à partir de 1928. Le « Concerto pour Johnny Hodges » est un titre inventé sur le modèle du *Concerto for Cootie [Williams]*.

VII

— Le principe du biglemoi, dit Nicolas, que Monsieur connaît sans doute, repose sur la production d'interférences par deux sources animées d'un mouvement oscillatoire rigoureusement synchrone.

— J'ignorais, dit Colin, que cela mît en œuvre des éléments de physique aussi avancée.

— En l'espèce, dit Nicolas, le danseur et la danseuse se tiennent à une distance assez petite l'un de l'autre et mettent leur corps en ondulation suivant le rythme de la musique.

— Oui ? dit Colin, un peu inquiet.

— Il se produit alors, dit Nicolas, un système d'ondes statiques présentant, comme en acoustique, des nœuds et des ventres, ce qui ne contribue pas peu à créer l'atmosphère dans la salle de danse.

— Certainement… murmura Colin.

— Les professionnels du biglemoi, poursuivit Nicolas, réussissent parfois à installer des foyers d'ondes parasites en mettant séparément en vibration synchrone certains de leurs membres. Je n'insiste pas et je vais tâcher de montrer à Monsieur comment on fait.

Colin choisit *Chloé* comme le lui avait recommandé Nicolas et le centra sur le plateau du pick-up. Il posa délicatement la pointe de l'aiguille au fond du premier sillon et regarda Nicolas entrer en vibration.

VIII

— Monsieur va y arriver ! dit Nicolas. Encore un effort.

— Mais pourquoi, demanda Colin en sueur, prend-on un air si lent ? C'est beaucoup plus difficile.

— Il y a une raison, dit Nicolas. En principe, le danseur et la danseuse se tiennent à une distance moyenne l'un de l'autre. Avec un air lent, on peut arriver à régler l'ondulation de telle sorte que le foyer fixe se trouve à mi-hauteur des deux partenaires : la tête et les pieds sont alors mobiles. C'est le résultat que l'on doit obtenir théoriquement. Il est, et c'est regrettable, advenu que des personnes peu scrupuleuses se sont mises à danser le biglemoi à la façon des Noirs, sur tempo rapide.

— C'est-à-dire ? demanda Colin.

— C'est-à-dire avec un foyer mobile aux pieds, un à la tête et, malheureusement, un intermédiaire mobile à la hauteur des reins, les points fixes, ou pseudo-articulations, étant le sternum et les genoux.

Colin rougit.

— Je comprends! dit-il.

— Sur un boogie[1], conclut Nicolas, l'effet est, disons le mot, d'autant plus obscène que l'air est obsédant en général.

Colin restait songeur.

— Où avez-vous appris le biglemoi? demanda-t-il à Nicolas.

— Ma nièce me l'a appris… dit Nicolas. J'ai établi la théorie complète du biglemoi au cours de conversations avec mon beau-frère. Il est membre de l'Institrut, comme Monsieur le sait sans doute, et n'a pas eu de grandes difficultés à saisir la méthode. Il m'a même dit qu'il avait fait ça il y a dix-neuf ans…

— Votre nièce a dix-huit ans? demanda Colin.

— Et trois mois! conclut Nicolas. Si Monsieur n'a plus besoin de moi, je vais retourner surveiller ma cuisine…

— Allez, Nicolas, et merci, dit Colin en enlevant le disque qui venait de s'arrêter.

1. Le boogie-woogie, style de piano lié au rythme du train sur les rails, contraste avec le blues mélancolique par son rythme obsessionnel, tonique et palpitant de swing, qualités proprement érotiques évoquées ici.

IX

Je mettrai mon complet beige avec ma chemise bleue, et ma cravate beige et rouge, et mes souliers de daim à piqûres, et des chaussettes rouges et beiges.

Je vais d'abord m'abluter, et me raser, et me vérifier.

Et je vais demander, dans sa cuisine, à Nicolas :

– Nicolas! voulez-vous venir danser avec moi ?

– Mon Dieu, dit Nicolas, si Monsieur me le demande avec insistance, j'irai, mais dans le cas contraire, je serais heureux de pouvoir régler quelques affaires dont l'urgence se fait impérative.

– Il est indiscret, Nicolas, de vous pousser plus à fond ?

– Je suis, dit Nicolas, Président du Cercle Philosophique des Gens de Maison de l'arrondissement, et par suite, astreint à une certaine assiduité aux réunions.

— Je n'ose, Nicolas, vous demander le thème de la réunion d'aujourd'hui…

— Il y sera parlé de l'engagement. Un parallèle est établi entre l'engagement d'après les théories de Jean-Sol Partre, l'engagement ou le rengagement dans les troupes coloniales et l'engagement ou prise à gages des gens dits de maison par les particuliers.

— Voilà qui intéresserait Chick! dit Colin.

— Il est malheureusement regrettable, dit Nicolas, que le Cercle soit très fermé. Monsieur Chick n'y pourrait être admis. Seuls, les gens de maison…

— Pourquoi, Nicolas, demanda Colin, emploie-t-on toujours le pluriel?

— Monsieur remarquera sans doute, dit Nicolas, que « homme de maison » reste anodin, mais que « femme de maison » prend une signification notoirement agressive…

— Vous avez raison, Nicolas. À votre avis, dois-je rencontrer l'âme sœur aujourd'hui?… Je voudrais une âme sœur du type de votre nièce…

— Monsieur a tort de penser à ma nièce, dit Nicolas, puisqu'il appert des événements récents

que Monsieur Chick a fait son Choix le premier…

— Mais, Nicolas, dit Colin, j'ai tant envie
d'être amoureux…

Une fumée légère s'échappa du bec de la
bouilloire et Nicolas alla ouvrir. Le concierge
montait deux lettres.

— Il y a du courrier ? dit Colin.

— Je m'excuse, Monsieur, dit Nicolas, mais
les deux sont pour moi. Monsieur attend-il des
nouvelles ?

— Je voudrais qu'une jeune fille m'écrivît ! dit
Colin. Je l'aimerais beaucoup.

— Il est midi… conclut Nicolas. Monsieur
désire-t-il son petit déjeuner ? Il y a de la queue
de bœuf broyée et un bol de punch aux aromates
avec croûtons beurrés d'anchois.

— Nicolas, pourquoi Chick ne veut-il pas
venir ici déjeuner avec votre nièce à moins que
je n'invite une autre jeune fille ?

— Monsieur m'excusera, dit Nicolas, mais
j'en ferais autant. Monsieur est certainement
assez beau garçon.

— Nicolas, dit Colin, si ce soir je ne suis pas
amoureux pour de vrai, je… je collectionnerai
les œuvres de la duchesse de Bovouard, pour
faire pièce à mon ami Chick.

X

— Je voudrais être amoureux, dit Colin. Tu voudrais être amoureux. Il voudrait idem (être amoureux). Nous, vous, voudrions, voudriez être, ils voudraient également tomber amoureux.

Il nouait sa cravate devant le miroir de la salle de bains.

— Il me reste à mettre ma veste et mon manteau, et mon foulard, et mon gant droit et mon gant gauche. Et pas de chapeau pour pas me décoiffer. Qu'est-ce que tu fais là ?

Il interpellait la souris grise à moustaches noires qui certainement n'était pas à sa place dans le verre à dents, même accoudée au bord dudit verre, et prenant un air détaché.

— Suppose, dit-il à la souris, en s'asseyant sur le rebord de la baignoire rectangulaire d'émail jaune pour se rapprocher d'elle, que je trouve chez les Ponteauzanne mon vieil ami Chose.

La souris acquiesça.

— Suppose, pourquoi pas, qu'il ait une cousine ? Elle serait vêtue d'un sweat-shirt blanc, d'une jupe jaune, elle s'appellerait Al... elle s'appellerait Onésime.

La souris se croisa les pattes et parut surprise.

— Ce n'est pas un joli nom, dit Colin, mais toi tu es une souris et tu as bien de la moustache. Alors ?

Il se releva.

— Il est déjà trois heures, tu vois, tu me fais perdre mon temps. Chick et... Chick y sera certainement très tôt.

Il suça son doigt et l'éleva au-dessus de sa tête. Il le redescendit presque aussitôt. Ça le brûlait comme dans un four.

— Il y aura de l'amour dans l'air, conclut-il. Ça chauffe...

— Je me lève, tu te, il, se lève nous, vous ils levons levez lèvent. Tu veux sortir du verre ?

La souris prouva qu'elle n'avait besoin de personne en sortant toute seule et en se taillant un morceau de savon en forme de sucette.

— N'en colle pas partout ! dit Colin. Ce que tu es gourmande...

Il sortit, passa dans sa chambre et mit sa veste.

— Nicolas a dû partir... il doit connaître des filles extraordinaires... on dit que les filles d'Auteuil entrent chez les philosophes comme bonnes à presque tout faire…

Il ferma la porte de sa chambre.

— La doublure de ma manche gauche est un petit peu déchirée… Je n'ai plus de chatterton… Tant pis, je vais mettre un clou…

La porte claqua derrière lui avec le bruit d'une main nue sur une fesse nue… Ça le fit tressaillir…

— Je veux penser à autre chose… Supposons que je me casse la gueule dans l'escalier…

Le tapis de l'escalier, mauve très clair, n'était usé que toutes les trois marches : Colin descendait en effet toujours quatre à quatre. Il se prit les pieds dans une tringle nickelée et se mélangea à la rampe.

— Ça m'apprendra à dire des conneries. C'est bien fait. Je, tu, suis, est-il bête.

Il avait mal au dos. Il comprit pourquoi en arrivant en bas et retira une tringle entière du col de son pardessus.

La porte extérieure se referma sur lui avec un bruit de baiser sur une épaule nue…

— Qu'est-ce qu'il y a à voir dans cette rue ?

Il y avait, au premier plan, deux terrassiers qui jouaient à la marelle. Le ventre du plus gros sautait à contretemps de son propriétaire. Pour palet, ils se servaient d'un crucifix peint en rouge auquel il manquait la croix.

Colin les dépassa.

À droite, à gauche, s'élevaient de belles constructions de torchis avec des fenêtres à guillotine. Une femme se penchait à une fenêtre. Colin lui envoya un baiser et elle lui secoua sur la tête la descente de lit en molleton noir et argent que son mari n'aimait pas.

Des magasins égayaient l'aspect cruel des grands immeubles. Un étalage de fournitures pour fakirs retint l'attention de Colin. Il nota la hausse des prix du verre en salade et des clous à rembourrer, par rapport à la semaine passée.

Il croisa un chien et deux autres personnes. Le froid retenait les gens chez eux. Ceux qui réussissaient à s'arracher à sa prise y laissaient des lambeaux de vêtements et mouraient d'angine.

L'agent, au carrefour, avait caché sa tête dans sa pèlerine. Il ressemblait à un grand parapluie noir. Des garçons de café faisaient une ronde autour de lui, pour se réchauffer.

Deux amoureux s'embrassaient sous un porche.

— Je ne veux pas les voir, je ne, je ne veux pas les voir... ils m'embêtent...

Colin traversa la rue. Deux amoureux s'embrassaient sous un porche.

Il ferma les yeux et se mit à courir…

Il les rouvrit très vite, car il voyait, sous ses paupières, des tas de filles et ça lui faisait perdre son chemin. Il y en avait une devant lui. Elle allait dans la même direction. On voyait ses jolies jambes dans ses bottillons de mouton blanc, son manteau de peau de pandour décatie et sa toque assortie. Des cheveux roux sous sa toque. Son manteau lui faisait des épaules larges et dansait autour d'elle.

– Je veux la dépasser… je veux voir sa figure…

Il la dépassa et se mit à pleurer. Elle comptait au moins cinquante-neuf ans. Il s'assit au bord du trottoir et pleura encore. Ça le soulageait beaucoup et les larmes gelaient avec un petit crépitement et se cassaient sur le granit lisse du trottoir.

Il s'aperçut, au bout de cinq minutes, qu'il se trouvait devant la maison d'Isis Ponteauzanne. Deux jeunes filles passèrent près de lui et pénétrèrent dans le vestibule de l'immeuble.

Son cœur s'enfla démesurément, s'allégea, le souleva de terre et il entra à leur suite.

XI

Dès le premier étage, on commençait à entendre le vague brouhaha de la réunion chez les parents d'Isis. L'escalier tournait trois fois sur lui-même et amplifiait les sons dans sa cage, comme les ailettes dans le résonateur cylindrique d'un vibraphone. Colin montait, le nez sur les talons des deux filles. De jolis talons renforcés, en nylon chair, des souliers hauts de cuir fin et des chevilles délicates. Puis, les coutures des bas, légèrement froncées, comme de longues chenilles, et les creux articulés de l'attache des genoux. Colin s'arrêta et perdit deux marches. Il repartit. Maintenant, il voyait le haut des bas de celle de gauche, la double épaisseur des mailles et la blancheur ombrée de la cuisse. La jupe de l'autre, à plis plats, ne permettait pas le même divertissement mais, sous le manteau de castor, ses hanches tournaient plus rond que celles de la première, formant un petit pli cassé alternatif.

Colin se mit à regarder ses pieds, par décence, et vit ceux-ci s'arrêter au second étage.

Il suivit les deux filles à qui une soubrette venait d'ouvrir.

— Bonjour, Colin! dit Isis. Vous allez bien?

— Bonjour, vous, dit Colin. Bon anniversaire!…

Il l'attira vers lui et l'embrassa près des cheveux. Elle sentait bon.

— Mais ce n'est pas mon anniversaire! protesta Isis, c'est celui de Dupont!…

— Où est Dupont, que je le congratule!…

— C'est dégoûtant, dit Isis. Ce matin, on l'a mené chez le tondeur pour qu'il soit beau, on l'a fait baigner et tout, et à deux heures, trois de ses amis étaient ici avec un ignoble vieux paquet d'os et ils l'ont emmené. Il va sûrement revenir dans un état affreux!…

— C'est son naniversaire, après tout, observa Colin.

Il voyait, par l'embrasure de la double porte, les garçons et les filles; une douzaine dansaient. La plupart, debout les uns à côté des autres, restaient, les mains derrière le dos, par paires du même sexe, et échangeaient des impressions peu convaincantes d'un air peu convaincu.

— Enlevez votre manteau! dit Isis. Venez, je vais vous conduire au vestiaire des garçons.

Il la suivit, croisant au passage deux autres filles qui revenaient, avec des bruits de sacs et de poudriers, de la chambre d'Isis métamorphosée en vestiaire pour filles. Au plafond pendaient des crochets de fer empruntés au boucher, et pour faire joli, Isis avait emprunté aussi deux têtes de mouton bien écorchées qui souriaient aux deux bouts des rangées.

Le vestiaire des garçons, établi dans le bureau du père d'Isis, consistait en la suppression des meubles. On jetait sa pelure sur le sol et le tour était joué. Colin n'y faillit point et s'attarda devant une glace.

— Allons, venez! s'impatientait Isis, je vais vous présenter à des filles charmantes.

Il l'attira vers lui par les deux poignets.

— Vous avez une robe ravissante! lui dit-il.

C'était une petite robe toute simple de lainage vert amande avec de gros boutons de céramique dorée et une grille en fer forgé formant l'empiècement du dos.

— Vous l'aimez! dit Isis.

— Elle est très ravissante, dit Colin. Peut-on passer la main à travers les barreaux sans être mordu?

— Ne vous y fiez pas trop! dit Isis.

Elle se dégagea, saisit Colin par la main et l'entraîna vers le centre de sudation. Ils bousculèrent deux nouveaux arrivants du sexe pointu, glissèrent au tournant du couloir et rejoignirent le noyau central par la porte de salle à manger.

— Tiens! dit Colin, Alise et Chick sont déjà là…

— Oui, dit Isis. Venez, je vous présente…

La moyenne des filles était présentable. L'une d'elles portait une robe en lainage vert amande avec de gros boutons en céramique dorée, et dans le dos, un empiècement de forme particulière.

— Présentez-moi surtout à celle-là, dit Colin.

Isis le secoua pour le faire tenir tranquille.

— Voulez-vous être sage, à la fin?…

Il en guettait déjà une autre et tirait sur la main de sa conductrice.

— C'est Colin, dit Isis. Colin, je vous présente Chloé[1]…

Colin avala sa salive. Sa bouche lui faisait comme du gratouillis de beignets brûlés.

— Bonjour! dit Chloé…

— Bonj… êtes-vous arrangée par Duke Ellington? demanda Colin…

---

1. La référence à *Chloe* d'Ellington peut se doubler pour le choix du prénom d'un souvenir classique, *Daphnis et Chloé* de Longus (fin IIe-début IIIe siècle), et d'une relation mythologique : le mot grec « chloè » qui désigne la verdure nouvelle est une épithète de la déesse Déméter, protectrice des semences.

Et puis il s'enfuit parce qu'il avait la conviction d'avoir dit une connerie.

Chick le rattrapa par un pan de sa veste.

— Où vas-tu comme ça? Tu ne vas pas t'en aller déjà!... Regarde.

Il tira de sa poche un petit livre relié en maroquin rouge.

— C'est l'originale du *Paradoxe sur le Dégueulis* de Partre[1]...

— Tu l'as trouvé quand même!... dit Colin.

Puis il se rappela qu'il s'enfuyait et s'enfuit.

Alise lui barrait la route.

— Alors, vous vous en allez sans avoir dansé une seule petite fois avec moi? dit-elle.

— Excusez-moi... dit Colin... Je viens d'être idiot... et ça me gêne de rester.

— Pourtant, quand on vous regarde comme ça, on est forcé d'accepter...

— Alise... geignit Colin en l'enlaçant et en frottant sa joue contre les cheveux d'Alise.

— Quoi, mon vieux Colin...

---

1. Cf. note 1, p. 30. Ici commence le jeu paradigmatique sur les titres de Sartre, en particulier *La Nausée* (1938); ce *Paradoxe* est suivi de six pseudo-titres dont le dernier, le *Trou de sainte Colombe*, pourrait être une transposition originale et comique de *L'Être et le Néant*, le « trou » renvoyant au néant et la « colombe » – du Saint-Esprit? – à l'être...

— Zut! Zut et Bran, Peste diable boufre. Vous voyez la fille là…

— Chloé?…

— Vous la connaissez!… dit Colin. Je lui ai dit une stupidité. Et c'est pour ça que je m'en allais.

Il n'ajouta pas qu'à l'intérieur du thorax, ça lui faisait comme une musique militaire allemande, où on n'entend que la grosse caisse.

— N'est-ce pas qu'elle est jolie? demanda Alise.

Chloé avait les lèvres rouges, les cheveux bruns, l'air heureux et sa robe n'y était pour rien.

— J'oserai pas! dit Colin.

Et puis il lâcha Alise et alla inviter Chloé. Elle le regarda. Elle riait et mit la main droite sur son épaule. Il sentait ses doigts frais sur son cou. Il réduisit l'écartement de leurs deux corps par le moyen d'un raccourcissement du biceps droit, transmis, du cerveau, le long d'une paire de nerfs crâniens choisie judicieusement.

Chloé le regarda encore. Elle avait les yeux bleus. Elle agita la tête pour repousser en arrière ses cheveux frisés et brillants et appliqua, d'un geste ferme et déterminé, sa tempe sur la joue de Colin.

73

Il se fit un abondant silence à l'entour, et la majeure partie du reste du monde se mit à compter pour du beurre.

Mais comme il fallait s'y attendre, le disque s'arrêta. Alors, seulement, Colin revint à la vraie réalité et s'aperçut que le plafond était à claire-voie, au travers de laquelle regardaient les locataires d'en dessus, qu'une épaisse frange d'iris d'eau cachait le bas des murs, que des gaz diversement colorés s'échappaient d'ouvertures pratiquées çà et là et que son amie Isis se tenait devant lui et lui offrait des petits fours sur un plateau hercynien.

— Merci, Isis, dit Chloé en secouant ses boucles.

— Merci, Isis, dit Colin en prenant un éclair miniature, du type ramifié.

— Vous avez tort! dit-il à Chloé, ils sont très bons.

Et puis il toussa car il s'était par malheur rencontré avec un piquant de hérisson dissimulé dans le gâteau.

Chloé rit en montrant ses jolies dents.

— Qu'est-ce qu'il y a?

Il dut la lâcher et s'écarter d'elle pour tousser à son aise, et enfin, cela se calma. Chloé revint avec deux verres.

– Buvez ça, dit-elle, ça vous remettra.

– Merci ! dit Colin. C'est du champagne ?

– C'est un mélange.

Il but un grand coup et s'étrangla. Chloé ne se tenait plus de rire. Chick et Alise s'approchaient.

– Qu'est-ce qu'il a ? demanda Chick.

– Il ne sait pas boire ! dit Chloé.

Alise lui tapa le dos gentiment et ça résonna comme un gong balinais. Du coup, tout le monde s'arrêta de danser pour passer à table.

– Ça y est ! dit Chick. On est tranquilles. Si on mettait un bon disque ?

Il cligna de l'œil vers Colin…

– Si on dansait un peu le biglemoi ? proposa Alise…

Chick fourrageait dans la pile de disques près du pick-up.

– Danse avec moi, Chick, lui dit Alise…

– Voilà, dit Chick, je mets un disque.

C'était un boogie-woogie.

Chloé attendait.

– Vous n'allez pas danser le biglemoi là-dessus ! dit, horrifié, Colin à Chick et Alise.

– Pourquoi pas ?… demanda Chick.

– Ne regardez pas ça ! dit-il à Chloé.

Il l'enlaça et elle cacha ses yeux près du col de la veste beige de Colin.

75

Il inclina légèrement la tête et l'embrassa entre l'oreille et l'épaule. Elle frémit, mais ne retira pas sa tête.

Colin ne retira pas ses lèvres non plus.

Alise et Chick, cependant, se livraient à une remarquable démonstration de biglemoi dans le style nègre.

Le disque passa très vite. Alise se dégagea et chercha quoi mettre ensuite. Chick se laissa tomber sur un divan. Colin et Chloé se trouvaient devant lui, il les attrapa par les jambes et les fit choir à ses côtés.

— Alors, mes agneaux, dit-il, ça gaze?…

Colin s'assit et Chloé se nicha commodément près de lui.

— Elle est gentille, cette petite fille, hein, dit Chick.

Chloé sourit. Colin ne dit rien mais passa son bras autour du cou de Chloé et se mit à jouer négligemment avec le premier bouton de sa robe, qui s'ouvrait devant.

Alise revenait.

— Pousse-toi, Chick. Je veux me mettre entre Colin et toi.

Elle avait bien choisi le disque. C'était *Chloé*, arrangé par Duke Ellington. Colin mordillait les cheveux de Chloé, près de l'oreille. Il murmura :

– C'est exactement vous.

Et avant que Chloé ait eu le temps de répondre, tous les autres revinrent danser, se rendant compte à la longue que ce n'était, effectivement, pas du tout le moment de passer à table.

– Oh!… dit Chloé. Quel dommage!…

XII

— Est-ce que tu la reverras ? demanda Chick.

Ils étaient attablés devant la dernière création de Nicolas, un courge aux noix.

— Je ne sais pas, dit Colin. Je ne sais pas quoi faire. Tu sais, c'est une fille très bien élevée. La dernière fois, chez Isis, elle avait bu beaucoup de champagne.

— Ça lui allait très bien, dit Chick. Elle est très jolie. Ne fais pas cette tête-là ! Songe que j'ai trouvé aujourd'hui une édition du *Choix Préalable avant le Haut-le-Cœur*, de Partre, sur rouleau hygiénique non dentelé.

— Mais où prends-tu tout cet argent ? dit Colin.

Chick s'assombrit.

— Ça me coûte très cher, mais je ne peux pas m'en passer, dit-il. J'ai besoin de Partre. Je suis collectionneur. Il me *faut* tout ce qu'il a fait.

— Mais il n'arrête pas d'en faire ! dit Colin. Il publie au moins cinq articles par semaine…

— Je sais bien… dit Chick.

Colin lui fit reprendre du courge.

— Comment est-ce que je pourrais revoir Chloé? dit-il.

Chick le regarda et sourit.

— C'est vrai, dit-il, je te bassine avec mes histoires de Jean-Sol Partre. Je veux bien t'aider… Qu'est-ce qu'il faut que je fasse?

— C'est terrible, dit Colin, je suis à la fois désespéré et horriblement heureux. C'est très agréable d'avoir envie de quelque chose à ce point-là.

— Je voudrais, continua-t-il, être couché dans de l'herbe un peu rôtie, avec de la terre sèche et du soleil, tu sais, de l'herbe jaune comme de la paille, et cassante, avec des tas de petites bêtes et de la mousse sèche aussi. On se met à plat ventre et on regarde. Il faut une haie avec des pierres et des arbres tout tordus, et des petites feuilles. Ça fait un bien considérable.

— Et Chloé, dit Chick.

— Et Chloé, naturellement, dit Colin. Chloé dans l'idée.

Ils se turent quelques instants. Une carafe en profita pour émettre un son cristallin qui se répercuta sur les murs.

— Reprends un peu de Sauternes, dit Colin.

— Oui, dit Chick, merci.

Nicolas apportait la suite, du pain d'ananas dans une crème orange.

– Merci, Nicolas, dit Colin. À votre avis, qu'est-ce que je peux faire pour revoir une jeune fille dont je suis amoureux?

– Mon Dieu, Monsieur, dit Nicolas, le cas peut évidemment se présenter… Je dois avouer à Monsieur que cela ne m'est jamais arrivé.

– Évidemment, dit Chick. Vous êtes bâti comme Johnny Weissmuller[1]. Mais ce n'est pas la règle générale.

– Je remercie Monsieur de cette appréciation, qui me va droit au cœur! dit Nicolas. Je conseille à Monsieur, poursuivit-il en s'adressant à Colin, de s'efforcer de recueillir, par le truchement de la personne chez qui Monsieur a rencontré la personne dont la présence paraît manquer à Monsieur, certaines informations sur les habitudes et fréquentations de cette dernière.

– Malgré la complexité de vos tournures, dit Colin, je crois, Nicolas, qu'il y a là une possibilité, en effet. Mais vous savez, quand on est amoureux, on est idiot. C'est pourquoi je n'ai

---

1. Ce sportif (1904-1984), cinq fois champion olympique de natation, recordman du monde du 100 yards, était célèbre pour ses incarnations du Tarzan d'E. Rice Burroughs à l'écran à partir de 1930.

pas dit à Chick que j'ai songé à cela depuis longtemps.

Nicolas regagna sa cuisine.

— Ce garçon est inappréciable! dit Colin.

— Oui, dit Chick, il sait faire la cuisine.

Ils burent encore du Sauternes.

Nicolas revenait. Il portait un énorme gâteau.

— C'est un dessert supplémentaire, dit-il.

Colin prit un couteau et s'arrêta au moment
d'entamer la surface unie.

— Il est trop beau, dit-il. On va attendre un
peu.

— L'attente, dit Chick, est un prélude sur le
mode mineur.

— Qu'est-ce qui te fait dire ça? dit Colin.

Il prit le verre de Chick et le remplit d'un vin
doré, lourd et mobile comme de l'éther pesant.

— Je ne sais pas, dit Chick, c'est une pensée
inopinée.

— Goûte-le! dit Colin.

Ils vidèrent leurs verres ensemble.

— C'est terrible, dit Chick, dont les yeux se
mirent à briller de feux alternatifs et rougeâtres.

Colin se tenait la poitrine.

— C'est mieux que ça! dit-il. Ça ne ressemble
à rien de connu.

— Ça n'aurait aucune importance, dit Chick.
Toi non plus, tu ne ressembles à rien de connu.

81

— Je suis sûr, dit Colin, que si on en boit assez, Chloé va venir tout de suite.

— Ça n'est pas prouvé ! dit Chick.

— Tu me provoques ! dit Colin en tendant son verre.

Chick remplit les deux verres.

— Attends ! dit Colin.

Il éteignit le plafonnier et la petite lampe qui éclairait la table. Seule brillait dans un coin la lumière verte de l'icone écossais devant lequel Colin méditait à l'ordinaire.

— Oh !... murmura Chick.

Dans le cristal, le vin luisait d'un éclat phosphorescent et incertain, qu'on eût dit émané d'une myriade de points lumineux de toutes les couleurs.

— Bois ! dit Colin.

Ils burent. La lueur restait sur leurs lèvres. Colin ralluma. Il paraissait hésiter à rester debout.

— Une fois n'est pas coutume, dit-il. Je crois qu'on peut finir la bouteille.

— Si on coupait le gâteau ? dit Chick.

Colin saisit un couteau d'argent et se mit à tracer une spirale sur la blancheur polie du gâteau. Il s'arrêta soudain et regarda son œuvre avec surprise.

— Je vais essayer quelque chose, dit-il.

Il prit une feuille de houx au bouquet de la table et saisit le gâteau d'une main. Le faisant tourner rapidement sur le bout du doigt, il plaça, de l'autre main, une des pointes du houx dans la spirale.

– Écoute!… dit-il.

Chick écouta. C'était *Chloé*, dans l'arrangement de Duke Ellington.

Chick regarda Colin. Il était tout pâle.

– Je… je n'ose pas le couper… dit Colin.

Chick lui prit le couteau des mains et le planta d'un geste ferme dans le gâteau. Il le fendit en deux. Et, dans le gâteau, il y avait un nouvel article de Partre pour Chick et un rendez-vous avec Chloé, pour Colin.

XIII

Colin, debout au coin de la Place, attendait
Chloé. La place était ronde, et il y avait une
Église, des Pigeons, un Square, des bancs, et,
devant, des autos et des autobus, sur du maca-
dam. Le soleil aussi attendait Chloé, mais lui
pouvait s'amuser à faire des ombres, à faire
germer des graines de haricot sauvage dans
les interstices adéquats, à pousser des volets et
rendre honteux un réverbère allumé pour raison
d'inconscience de la part d'un Cépédéiste.

Colin roulait le bord de ses gants et préparait
sa première phrase. Celle-ci se modifiait de plus
en plus rapidement à mesure qu'approchait
l'heure. Il ne savait pas que faire avec Chloé.
Peut-être l'emmener dans un salon de thé, mais
l'atmosphère en est, d'ordinaire, plutôt dépri-
mante, et les dames goinfres de quarante ans qui
mangent sept gâteaux à la crème en détachant
l'auriculaire, il n'aimait pas ça. Il ne concevait
la goinferie que pour les hommes, chez qui

elle prend tout son sens sans leur enlever leur dignité naturelle. Pas au cinéma, elle n'acceptera pas. Pas au députodrome, elle n'aimera pas ça. Pas aux courses de veaux, elle aura peur. Pas à l'Hôpital Saint-Louis, c'est défendu. Pas au Musée du Louvre, il y a des satyres derrière les chérubins assyriens. Pas à la Gare Saint-Lazare, il n'y a plus que des brouettes et pas un seul train.

— Bonjour!…

Chloé était arrivée par-derrière. Il retira vite son gant, s'empêtra dedans, se donna un grand coup de poing dans le nez, fit « Ouille!… » et lui serra la main. Elle riait.

— Vous avez l'air bien embarrassé!…

Un manteau de fourrure à longs poils de la couleur de ses cheveux, et une toque en fourrure aussi, et de petites bottes courtes à revers de fourrure.

Elle prit Colin par le bras.

— Offrez-moi le bras! Vous n'êtes pas dégourdi, aujourd'hui…

— Ça allait mieux la dernière fois, avoua Colin.

Elle rit encore, et le regarda, et rit de nouveau, encore mieux.

— Vous vous moquez de moi, dit Colin, piteux. C'est pas charitable.

— Vous êtes content de me voir ? dit Chloé.

— Oui… dit Colin.

Ils marchaient, suivant le premier trottoir venu. Un petit nuage rose descendait de l'air et s'approcha d'eux.

— J'y vais ? proposa-t-il.

— Vas-y ! dit Colin, et le nuage les enveloppa.

À l'intérieur, il faisait chaud et ça sentait le sucre à la cannelle.

— On ne nous voit plus ! dit Colin… Mais nous, on les voit.

— C'est un peu transparent, dit Chloé, méfiez-vous.

— Ça ne fait rien, on se sent mieux tout de même, dit Colin. Que voulez-vous faire ?…

— Juste se promener, ça vous ennuie ?

— Dites-moi des choses, alors…

— Je ne sais pas de choses assez bien, dit Chloé. On peut regarder les vitrines. Regardez celle-ci ! C'est intéressant.

Dans la vitrine, une jolie femme reposait sur un matelas à ressort. Sa poitrine était nue et un appareil lui brossait les seins vers le haut avec de longues brosses soyeuses en poil blanc et fin. La pancarte portait : *Économisez vos chaussures avec l'Antipode du Révérend Charles*.

— C'est une bonne idée ! dit Chloé.

— Mais ça n'a aucun rapport ! dit Colin. C'est bien plus agréable avec la main.

Chloé rougit.

— Ne dites pas de choses comme ça. Je n'aime pas les garçons qui disent des horreurs devant les jeunes filles.

— Je suis désolé ! dit Colin. Je ne voulais pas…

Il avait l'air si désolé qu'elle sourit et le secoua un petit peu pour montrer qu'elle n'était pas fâchée.

Dans une autre vitrine, un gros homme avec un tablier de boucher égorgeait des petits enfants. C'était une vitrine de propagande pour l'Assistance publique.

— Voilà où passe l'argent, dit Colin. Ça doit leur coûter horriblement cher de nettoyer ça tous les soirs.

— Ils ne sont pas vrais ! dit Chloé, alarmée…

— Comment peut-on savoir ? dit Colin. Ils les ont pour rien à l'Assistance publique.

— Je n'aime pas ça, dit Chloé. Avant, on ne voyait pas des vitrines de propagande comme ça. Je ne trouve pas que ce soit un progrès.

— Ça n'a pas d'importance, dit Colin. Ça n'agit que sur ceux qui croient à des imbécillités.

— Et ça ?… dit Chloé.

87

Dans la vitrine, c'était un ventre, monté sur des roues caoutchoutées, bien rond et rebondi. Sur l'annonce, on pouvait lire : *Le vôtre ne fera pas de plis non plus si vous le repassez avec le Fer Électrique.*

— Mais je le connais ! dit Colin. C'est le ventre de Serge, mon ancien cuisinier. Qu'est-ce qu'il peut faire là ?...

— Ça ne fait rien ! dit Chloé, vous n'allez pas épiloguer sur ce ventre. Il est bien trop gros, d'ailleurs.

— C'est qu'il savait faire la cuisine !...

— Allons-nous-en, dit Chloé, je ne veux plus voir de vitrines, ça me déplaît.

— Qu'est-ce qu'on fait ? dit Colin. On va prendre le thé quelque part ?

— Oh !... Ce n'est pas l'heure !... et puis je n'aime pas beaucoup ça.

Colin respira, soulagé, et ses bretelles craquèrent.

— Qu'est-ce qui a fait ce bruit ?

— J'ai marché sur une branche morte, expliqua Colin en rougissant.

— Si nous allions nous promener au Bois ?... dit Chloé.

Colin la regarda, ravi...

— C'est une très bonne idée... Il n'y aura personne.

Elle rougit.

– Ce n'est pas pour ça. D'ailleurs, ajouta-t-elle, pour se venger, nous ne quitterons pas les grandes allées. Dans les petites, on se mouille les pieds.

Il serra un peu le bras qu'il sentait sous le sien.

– On va prendre le souterrain, dit-il.

Le souterrain était bordé des deux côtés par une rangée de volières de grandes dimensions, où les Arrangeurs urbains entreposaient les Pigeons-de-Rechange pour les Squares et les Monuments. Il y avait aussi des pépinières de moineaux et des pépiements de petits moineaux. Les gens ne descendaient pas souvent dedans parce que les ailes de tous ces oiseaux faisaient un courant d'air terrible où volaient de minuscules plumes blanches et bleues.

– Ils ne s'arrêtent jamais de remuer, dit Chloé en assujettissant sa toque pour éviter qu'elle ne s'envolât.

– Ce ne sont pas les mêmes tout le temps, dit Colin.

Il luttait avec les pans de son pardessus.

– Dépêchons-nous de dépasser les pigeons, les moineaux font moins de vent, dit Chloé en se serrant contre Colin.

Ils se hâtèrent et sortirent de la zone dangereuse. Le petit nuage ne les avait pas suivis, il
s'était acheminé par le raccourci et les attendait
déjà à l'autre extrémité.

XIV

Le banc paraissait un peu humide, et vert foncé. Malgré tout, cette allée n'était pas très fréquentée et ils n'étaient pas mal.

— Vous n'avez pas froid ? demanda Colin.

— Non, avec ce nuage, dit Chloé, mais je veux bien me rapprocher tout de même.

— Oh! dit Colin et il rougit.

Ça lui fit une drôle de sensation. Il mit son bras autour de la taille de Chloé. Sa toque était inclinée de l'autre côté et il avait tout près des lèvres un flot de cheveux lustrés.

— J'aime être avec vous, dit-il.

Chloé ne dit rien. Elle respira un peu plus vite et se rapprocha imperceptiblement.

Colin lui parlait presque à l'oreille.

— Vous ne vous ennuyez pas? demanda-t-il.

Elle fit non de la tête, et Colin put se rapprocher encore à la faveur du mouvement.

— Je… dit-il, tout contre son oreille, et à ce moment, comme par erreur, elle tourna la tête et Colin lui embrassait les lèvres. Ça ne dura pas très longtemps ; mais la fois d'après, c'était beaucoup mieux. Alors il fourra sa figure dans les cheveux de Chloé et ils restaient là, sans rien dire.

XV

— Vous êtes gentille d'être venue, Alise, dit Colin. Pourtant vous serez la seule fille…

— Ça ne fait rien, dit Alise, Chick est d'accord.

Chick approuva. Mais à vrai dire, la voix d'Alise n'était pas entièrement gaie.

— Chloé n'est pas à Paris, dit Colin, elle est partie trois semaines avec des relatifs dans le Midi.

— Ah! dit Chick. Tu dois être très malheureux.

— Je n'ai pas été plus heureux! dit Colin. Je voulais vous annoncer mes fiançailles avec elle…

— Je te félicite!… dit Chick.

Il évitait de regarder Alise…

— Qu'est-ce qu'il y a, vous deux? dit Colin. Ça n'a pas l'air de carburer fort.

— Il n'y a rien, dit Alise. C'est Chick qui est bête.

93

– Mais non, dit Chick. Ne l'écoute pas, Colin… Il n'y a rien.

– Vous dites la même chose et vous n'êtes pas d'accord, dit Colin, donc il y en a un des deux qui ment, ou bien tous les deux. Venez, on va dîner tout de suite.

Ils passèrent dans la salle à manger.

– Asseyez-vous, Alise, dit Colin. Venez à côté de moi. Vous allez me dire ce qu'il y a.

– Chick est bête, dit Alise. Il dit qu'il a tort de me garder avec lui puisqu'il n'a pas d'argent pour me faire vivre bien, et il a honte de ne pas m'épouser.

– Je suis un salaud, dit Chick.

– Je ne sais pas quoi vous dire, dit Colin…

Il était si heureux que ça lui faisait énormément de peine…

– Ce n'est pas surtout l'argent, dit Chick. C'est que les parents d'Alise ne voudront jamais que je l'épouse, et ils auront raison. Il y a une histoire comme ça dans un des livres de Partre.

– C'est un livre excellent, dit Alise. Vous ne l'avez pas lu, Colin ?

– Voilà comme vous êtes… dit Colin. Je suis sûr que tout votre argent continue à y passer.

Chick et Alise baissèrent le nez.

— C'est ma faute! dit Chick. Alise ne dépense plus rien pour Partre. Elle ne s'en occupe presque plus depuis qu'elle vit avec moi.

Sa voix contenait un reproche.

— Je t'aime mieux que Partre! dit Alise.

Elle allait presque pleurer…

— Tu es gentille, dit Chick. Je ne te mérite pas. Mais c'est mon vice, collectionner Partre, et malheureusement un ingénieur ne peut pas se permettre d'avoir tout.

— Je suis désolé! dit Colin. Je voudrais que tout aille bien pour vous. Vous devriez déplier votre serviette.

Il y avait sous celle de Chick un exemplaire relié mi-mouffette du *Vomi*, et sous celle d'Alise, une grosse bague d'or en forme de nausée.

— Oh! dit Alise.

Elle mit ses bras autour du cou de Colin et l'embrassa.

— Tu es un chic type! dit Chick. Je ne sais pas comment te remercier, d'ailleurs tu sais très bien que je ne peux pas te remercier comme je le voudrais…

Colin se sentait un peu réconforté. Et Alise était vraiment en beauté ce soir.

— Quel parfum avez-vous? dit-il. Chloé se parfume à l'essence d'orchidée bidistillée.

— Je n'ai pas de parfum!… dit Alise.

— C'est naturel! dit Chick.

— C'est merveilleux! dit Colin. Vous sentez la forêt, avec un ruisseau et des petits lapins.

— Parlez-nous de Chloé! dit Alise, flattée.

Nicolas apportait les hors-d'œuvre.

— Bonjour, Nicolas, dit Alise. Tu vas bien?

— Oui, dit Nicolas.

Il posa le plateau sur la table.

— Tu ne m'embrasses pas? dit Alise.

— Ne vous gênez pas, Nicolas, dit Colin. Même, vous me feriez un grand plaisir en dînant avec nous…

— Oh! oui, dit Alise. Dîne avec nous…

— Monsieur me plonge dans la confusion!… dit Nicolas. Je ne puis m'asseoir à sa table dans cette tenue.

— Écoutez, Nicolas, dit Colin, allez vous changer si vous voulez, mais je vous intime l'ordre de dîner avec nous.

— Je remercie Monsieur, dit Nicolas. Je vais me changer.

Il déposa le plateau sur la table et sortit.

— Alors? dit Alise, Chloé.

— Servez-vous, dit Colin. Je ne sais pas ce que c'est, mais ça doit être bon.

— Tu nous fais languir!… dit Chick.

— Je vais épouser Chloé dans un mois, dit Colin. Et je voudrais que ce soit demain.

– Oh! dit Alise, vous avez de la chance…

Colin se sentait honteux d'être si riche.

– Écoute, Chick, dit-il, veux-tu de mon argent?…

Alise regarda Colin avec tendresse. Il était si gentil qu'on voyait ses pensées, bleues et mauves, s'agiter dans les veines de ses mains fines.

– Je ne crois pas que cela serve, dit Chick…

– Tu pourrais épouser Alise!… dit Colin.

– Ses parents ne veulent pas, répondit Chick, et je ne veux pas qu'elle se fâche avec eux. Elle est trop jeune…

– Je ne suis pas si jeune! dit Alise en se redressant sur la banquette capitonnée, pour mettre en valeur sa poitrine provocante.

– Ce n'est pas cela qu'il veut dire!… interrompit Colin. Écoute, Chick, j'ai cent mille doublezons, je t'en donnerai le quart, et tu pourras vivre tranquillement. Tu continueras à travailler, et comme ça, ça ira.

– Je ne pourrai jamais te remercier assez, dit Chick.

– Ne me remercie pas, dit Colin. Ce qui m'intéresse, ce n'est pas le bonheur de tous les hommes, c'est celui de chacun.

On sonna à la porte.

– Je vais ouvrir!… dit Alise. Je suis la plus jeune. C'est vous-mêmes qui me le reprochez…

Elle se leva et ses pieds menus firent un frottis léger sur le tapis souple.

C'était Nicolas, descendu par l'escalier de service. Il revenait, maintenant, vêtu d'un pardessus d'épais tissu godon à chevrons beiges et verts et coiffé d'un feutre amerlaud extra-plat. Il avait des gants de porc dépossédé, des souliers de gavial consistant et lorsqu'il eut retiré son manteau, il apparut dans toute sa splendeur, veste de velours marron à côtes d'ivoire et pantalon bleu pétrole à revers larges de cinq doigts et le pouce.

— Oh! dit Alise. Comme tu es smart!

— Comment ça va, ma nièce? Toujours belle…

Il lui caressa la poitrine et les hanches.

— Viens à table, dit Alise.

— Bonjour, les amis! dit Nicolas en entrant.

— Enfin! dit Colin. Vous vous décidez à parler normalement.

— Bien sûr! dit Nicolas. Je peux aussi. Mais dis-moi, poursuivit-il, si on se tutoyait, tous les quatre?

— D'accord! dit Colin. Pose-le.

Nicolas s'assit en face de Chick.

— Prends des hors-d'œuvre, dit ce dernier.

— Les gars, conclut Colin, est-ce que vous voulez être mes garçons d'honneur?

— C'est entendu!... acquiesça Nicolas. Mais il ne faudra pas nous accoupler avec des filles horribles, hein? Le coup est classique et bien connu.

— Je compte demander à Alise et Isis d'être les filles d'honneur, dit Colin, et aux frères Desmarais[1] d'être les pédérastes d'honneur.

— Convenu! dit Chick.

— Alise, reprit Nicolas, va à la cuisine et rapporte le plat qui est dans le four. Ça doit être prêt maintenant.

Elle suivit les instructions de Nicolas et rapporta le plat d'argent massif et lorsque Chick souleva le couvercle, ils virent, à l'intérieur, deux figurines de foie gras sculpté qui représentaient Colin, en jaquette, et Chloé, en robe de mariée. Tout autour, on pouvait lire la date du mariage, et, dans un coin, c'était signé : Nicolas.

---

1. Le nom des « pédérastes d'honneur » semble inspiré par la firme pétrolière Desmarais ou Mobil dont l'emblème est un cheval ailé, d'où Pégase.

XVI

Colin courait dans la rue.

— Ce sera une très belle noce… C'est demain, demain matin. Tous mes amis seront là…

La rue menait à Chloé.

— Chloé, vos lèvres sont douces. Vous avez un teint de fruit. Vos yeux voient comme il faut voir et votre corps me fait chaud…

Des billes de verre roulaient dans la rue et des enfants venaient derrière.

— Il me faudra des mois, des mois, pour que je me rassasie des baisers à vous donner. Il faudra des ans de mois pour épuiser les baisers que je veux poser sur vous, sur vos mains, sur vos cheveux, sur vos yeux, sur votre cou…

Il y eut trois petites filles. Elles chantaient une ronde toute ronde et la dansaient en triangle.

— Chloé, je voudrais sentir vos seins nus sur ma poitrine, mes deux mains croisées sur vous, vos bras autour de mon cou, votre tête parfumée dans le creux de mon épaule, et votre peau palpitante, et l'odeur qui vient de vous.

Le ciel était clair et bleu, le froid vif encore, mais moins. Les arbres, tout noirs, montraient, au bout de leur bois terni, des bourgeons verts et gonflés.

— Quand vous êtes loin de moi, je vous vois dans cette robe, avec des boutons d'argent, mais quand la portiez-vous donc ? Non, pas la première fois. C'était le jour du rendez-vous, sous votre manteau lourd et doux, vous l'aviez contre votre corps.

Il poussa la porte de la boutique et entra.

— Je voudrais des masses de fleurs pour Chloé !... dit-il.

— Quand doit-on les lui porter ? demanda la fleuriste.

Elle était jeune et frêle, et ses mains rouges. Elle aimait beaucoup les fleurs.

— Portez-les demain matin, et puis portez-en chez moi, qu'il y en ait plein notre chambre, des lis, des glaïeuls blancs, des roses, et des tas d'autres fleurs blanches, et mettez aussi, surtout, un gros bouquet de roses rouges...

XVII

Les frères Desmarais s'habillaient pour la noce. Ils étaient très souvent invités comme pédérastes d'honneur, car ils présentaient bien. Ils étaient jumeaux. L'aîné s'appelait Coriolan. Il avait les cheveux noirs et frisés, la peau blanche et douce, un air de virginité, le nez droit et les yeux bleus derrière de grands cils jaunes.

Le cadet, nommé Pégase, avait un aspect semblable, à cela près que ses cils étaient verts, ce qui suffisait d'ordinaire à les distinguer l'un de l'autre. Ils avaient embrassé la carrière de pédérastes par nécessité et par goût, mais comme on les payait bien pour être pédérastes d'honneur, ils ne travaillaient presque plus, et malheureusement, cette oisiveté funeste les poussait au vice de temps à autre : c'est ainsi que la veille, Coriolan s'était mal conduit avec une fille. Pégase le tançait d'importance tout en se massant la peau des reins avec de la pâte d'amandes mâles, devant la grande glace à trois faces.

– Et à quelle heure est-ce que tu es rentré, hein! disait Pégase.

– Je ne sais plus, dit Coriolan. Laisse-moi. Occupe-toi de tes reins.

Coriolan s'épilait les sourcils au moyen d'une pince à forcipressure.

– Tu es obscène! dit Pégase. Une fille! Si ta tante te voyait!...

– Oh! Tu ne l'as jamais fait, hein? dit Coriolan menaçant.

– Quand ça? dit Pégase un peu inquiet.

Il interrompit son massage et fit quelques mouvements d'assouplissement devant la glace.

– Ça va!... dit Coriolan. Je n'insiste pas. Je ne veux pas te faire rentrer sous terre. Boutonne-moi plutôt ma culotte.

Ils avaient des culottes spéciales, à braguettes en arrière, difficiles à fermer tout seul.

– Ah! ricana Pégase, tu vois!... tu ne peux rien dire!...

– Ça va, je te dis! répéta Coriolan. Qui est-ce qui se marie, aujourd'hui?

– C'est Colin qui épouse Chloé!... dit son frère avec dégoût.

– Pourquoi prends-tu ce ton? demanda Coriolan, il est bien, ce type-là!...

– Oui, il est bien, dit Pégase avec envie, mais, elle, elle a une poitrine tellement ronde qu'on

ne peut vraiment pas se figurer que c'est un garçon.

Coriolan rougit.

– Je la trouve jolie... murmura-t-il. On a
envie de lui toucher la poitrine... Ça ne te fait
pas cet effet-là?

Son frère le regarda avec stupeur.

– Quel salaud tu fais! conclut-il avec énergie.
Tu es plus vicieux que n'importe qui... Un de
ces jours, tu vas te marier avec une femme...

XVIII

Le Religieux sortit de la sacristoche, suivi d'un Bedon et d'un Chuiche. Ils portaient de grandes boîtes en carton ondulé pleines d'éléments décoratifs.

— Quand le camion des Peintureurs arrivera, vous le ferez entrer jusqu'à l'autel, Joseph, dit-il au Chuiche. (Presque tous les Chuiches professionnels s'appellent Joseph, en effet.)

— On peint tout en jaune ? dit Joseph.

— Avec des raies violettes, dit le Bedon, Emmanuel Jude, grand gaillard sympathique dont l'uniforme et la chaîne d'or brillaient comme des nez froids.

— Oui, dit le Religieux, parce que le Chevêche vient pour la Béniction. Venez, on va décorer le balcon des Musiciens avec tous les éléments qu'il y a dans ces boîtes.

— Il y a combien de Musiciens ? demanda le Chuiche.

— Septante-trois, dit le Bedon.

— Et quatorze Enfants de Foi, dit le Religieux, fièrement.

Le Chuiche fit un long sifflement, fuiiiouou...

— Et ils ne sont que deux à se marier! dit-il, admiratif.

— Oui, dit le Religieux, c'est comme ça, avec les gens riches.

— Il y aura du monde? interrogea le Bedon.

— Beaucoup! dit le Chuiche. Je prendrai ma longue hallebarde rouge et ma canne à pomme rouge.

— Non, dit le Religieux, il faut la hallebarde jaune et la canne violette, ça sera plus distingué.

Ils arrivaient au-dessous du balcon. Le Religieux ouvrit la petite porte dissimulée dans un des piliers supportant la voûte et l'ouvrit. L'un après l'autre, ils s'engagèrent dans l'étroit escalier en vis d'Archimède. Une vague lueur venait d'en haut.

Ils montèrent vingt-quatre tours de vis et s'arrêtèrent pour souffler.

— C'est dur! dit le Religieux.

Le Chuiche, le plus bas, approuva, et le Bedon, pris entre deux feux, se rendit à cette constatation.

— Encore deux tours et demi, dit le Religieux.

Ils émergèrent sur la plate-forme située à l'opposé de l'autel, à cent mètres au-dessus du sol, que l'on devinait à peine à travers le brouillard. Les nuages entraient sans façon dans l'Église et traversaient la nef en flocons gris et amples.

— Il fera beau! dit le Bedon en reniflant l'odeur des nuages. Ils sentent le serpolet.

— Avec une trace d'aubifoin! dit le Chuiche, ça se sent aussi.

— J'espère que la Cérémonie sera réussie! dit le Religieux.

Ils posèrent leurs cartons et commencèrent à garnir les chaises de Musiciens au moyen des éléments décoratifs. Le Chuiche les dépliait, soufflait dessus pour les dépoussiérer et les passait au Bedon et au Religieux.

Au-dessus d'eux, les piliers montaient, montaient, et paraissaient se rejoindre très loin. La pierre mate, d'un beau blanc crème, caressée par le doux éclat du jour, réfléchissait partout une lumière légère et calme. Tout en haut, c'était bleu-vert.

— Il faudrait astiquer les microphones, dit le Religieux au Chuiche.

— Je déplie le dernier élément! dit le Chuiche, et je m'en occupe.

Il tira de sa besace un chiffon de laine rouge et se mit à frotter énergiquement le socle du premier microphone. Il y en avait quatre, disposés en rang devant les chaises de l'orchestre, et combinés de telle façon qu'à chaque air correspondît une sonnerie de cloches, à l'extérieur de l'Église ; cependant qu'à l'intérieur, on entendait la musique.

— Dépêche-toi, Joseph, dit le Religieux. Emmanuel et moi nous avons fini.

— Attendez-moi ! dit le Chuiche. J'en ai pour cinq minutes d'indulgence.

Le Bedon et le Religieux remirent les couvercles des boîtes à éléments et les rangèrent sur un coin du balcon pour les retrouver après le mariage.

— Je suis prêt, dit le Chuiche.

Ils bouclèrent tous trois les courroies de leurs parachutes et s'élancèrent gracieusement dans le vide. Les trois grandes fleurs versicolores s'ouvrirent avec un clapotement soyeux, et, sans encombre, ils prirent pied sur les dalles polies de la nef.

XIX

– Tu me trouves jolie?

Chloé se mirait dans l'eau du bassin d'argent sablé où s'ébattait, sans gêne, le poisson rouge. Sur son épaule, la souris grise à moustaches noires se frottait le nez avec ses pattes et regardait les reflets changeants.

Chloé avait passé ses bas, fins comme une fumée d'encens, de la couleur de sa peau blonde et ses souliers hauts de cuir blanc. Pour tout le reste, elle était nue, sauf un lourd bracelet d'or bleu qui faisait paraître encore plus fragile son poignet délicat.

– Crois-tu qu'il faut que je m'habille?…

La souris se laissa glisser le long du cou rond de Chloé et prit appui sur un de ses seins parfumés. Elle la regardait d'en dessous et paraissait de cet avis.

– Alors je te mets par terre! dit Chloé. Tu sais, tu retournes chez Colin ce soir. Tu diras au revoir aux autres ici.

Elle posa la souris sur le tapis, regarda par la fenêtre, laissa retomber le rideau et s'approcha de son lit. Il y avait sa robe blanche toute déployée, et les deux robes d'eau claire d'Isis et d'Alise.

— Vous êtes prêtes?...

Dans la salle de bains, Alise aidait Isis à se coiffer. Elles portaient aussi déjà leurs chaussures et leurs bas.

— Nous n'allons pas très vite, vous ni moi, dit Chloé faussement sévère. Savez-vous, mes enfants, que je me marie ce matin.

— Tu as encore une heure! dit Alise.

— C'est bien assez! dit Isis. Tu es déjà coiffée.

Chloé rit en secouant ses boucles. Il faisait chaud dans la pièce pleine de vapeur et le dos d'Alise était si appétissant que Chloé le caressa doucement de ses paumes aplaties. Isis, assise devant la glace, prêtait sa tête docile aux gestes précis d'Alise.

— Tu me chatouilles! dit Alise qui commençait à rire.

Chloé la caressait exprès à l'endroit où ça chatouille, sur les côtés et jusqu'aux hanches. La peau d'Alise était chaude et vivante.

— Tu vas rater mon rouleau, dit Isis, qui se faisait les ongles pour passer le temps.

— Vous êtes belles, toutes les deux, dit Chloé. C'est dommage que vous ne puissiez venir comme ça, j'aurais aimé que vous restiez avec vos bas et vos souliers seulement.

— Va t'habiller, bébé, dit Alise, tu vas tout faire rater.

— Embrasse-moi, dit Chloé. Je suis si contente !

Alise l'expulsa de la salle de bains et Chloé s'assit sur son lit. Elle riait toute seule en voyant les dentelles de sa robe. Elle mit, pour commencer, un petit soutien-gorge de cellophane et une culotte de satin blanc que ses formes fermes faisaient bomber gentiment par-derrière.

XX

— Ça va ? dit Colin.

— Pas encore ! dit Chick.

Pour la quatorzième fois, Chick refaisait le nœud de cravate de Colin, et ça n'allait toujours pas.

— On pourrait essayer avec des gants ! dit Colin.

— Pourquoi ? demanda Chick. Ça ira mieux ?

— Je ne sais pas, dit Colin. C'est une idée sans prétention.

— On a bien fait de s'y prendre en avance ! dit Chick.

— Oui, dit Colin, mais on sera quand même en retard si on n'y arrive pas.

— Oh ! dit Chick, on va y arriver.

Il réalisa un ensemble de mouvements rapides étroitement associés et tira les deux bouts avec force. La cravate se brisa par le milieu et lui resta dans les doigts.

– C'est la troisième! remarqua Colin, l'air absent.

– Oh! dit Chick, ça va, je le sais.

Il s'assit sur une chaise et se frotta le menton d'un air absorbé.

– Je ne sais pas ce qu'il y a, dit-il.

– Moi non plus, dit Colin, mais c'est anormal.

– Oui, dit Chick, nettement. Je vais essayer sans regarder.

Il prit une quatrième cravate et l'enroula négligemment autour du cou de Colin, en suivant des yeux le vol d'un brouzillon, d'un air très intéressé. Il passa le gros bout sous le petit, le fit revenir dans la boucle, un tour vers la droite, le repassa dessous, et par malheur, à ce moment-là, ses yeux tombèrent sur son ouvrage et la cravate se referma brutalement, lui écrasant l'index. Il laissa échapper un gloussement de douleur.

– Bougre de néant! dit-il. La vache!

– Elle t'a fait mal? demanda Colin compatissant.

Chick se suçait vigoureusement le doigt.

– Je vais avoir l'ongle tout noir! dit-il.

– Mon pauvre vieux! dit Colin.

Chick marmonna quelque chose et regarda le cou de Colin.

— Minute!… souffla-t-il. Le nœud est fait!… Bouge pas!…

Il recula avec précaution, sans le quitter des yeux, et saisit sur la table, derrière lui, une bouteille de fixateur à pastel. Il porta lentement à sa bouche l'extrémité du petit tube à vaporiser et se rapprocha sans bruit. Colin chantonnait en regardant ostensiblement le plafond.

Le jet de pulvérin frappa la cravate en plein milieu du nœud. Elle eut un soubresaut rapide et s'immobilisa, clouée à sa place par le durcissement de la résine.

XXI

Colin sortit de chez lui, suivi de Chick. Ils allaient chercher Chloé à pied. Nicolas les rejoindrait directement à l'Église, il surveillait la cuisson d'un plat spécial découvert dans Gouffé et dont il attendait merveilles.

Il y avait sur le chemin une librairie devant laquelle Chick tomba en arrêt. Au beau milieu de l'étalage, un exemplaire du *Remugle* de Partre relié de maroquin violet aux armes de la Duchesse de Bovouard scintillait, tel un précieux bijou.

— Oh! dit Chick, regarde ça!…

— Quoi? dit Colin qui revint en arrière. Ah! Ça?

— Oui… dit Chick, il commençait à baver de convoitise.

Un petit ruisseau se formait entre ses pieds et prit le chemin du bord du trottoir, contournant les menues inégalités de la poussière.

— Eh bien? dit Colin. Tu l'as?…

— Pas relié comme ça!… dit Chick.

115

– Oh! La barbe, dit Colin. Viens, on est pressés.

– Il vaut au moins un ou deux doublezons! dit Chick.

– Certainement!... dit Colin qui s'éloigna...

Chick fouilla ses poches.

– Colin! appela-t-il... prête-moi un peu d'argent.

Colin s'arrêta de nouveau. Il secoua la tête d'un air attristé.

– Je crois, dit-il, que les vingt-cinq mille doublezons que je t'ai promis ne dureront pas longtemps.

Chick rougit, baissa le nez, mais tendit la main. Il prit l'argent et s'élança dans la boutique. Colin attendait, soucieux. En voyant l'air hilare de Chick, il secoua de nouveau la tête, compatissant cette fois, et un demi-sourire se dessina sur ses lèvres.

– Tu es fou, mon pauvre Chick. Combien l'as-tu payé?

– Ça n'a pas d'importance! dit Chick, dépêchons-nous.

Ils se hâtèrent. Chick semblait monté sur dragons volants.

À la porte de Chloé, des gens regardaient la belle voiture blanche commandée par Colin et qu'on venait de livrer avec le chauffeur de cérémonie. À l'intérieur, tout recouvert de fourrure blanche, on était bien au chaud et on entendait de la musique.

Le ciel restait bleu, les nuages légers et vagues. Il faisait froid sans exagération. L'hiver tirait à sa fin.

Le plancher de l'ascenseur se gonfla sous leurs pieds et, dans un gros spasme mou, les déposa à l'étage. La porte s'ouvrit devant eux. Ils sonnèrent. On vint ouvrir, Chloé les attendait. Outre son soutien-gorge de cellophane, sa petite culotte blanche et ses bas, elle avait deux épaisseurs de mousseline sur le corps et un grand voile de tulle, qui partait des épaules, laissant la tête entièrement libre.

Alise et Isis étaient habillées de la même façon mais leur robe était couleur d'eau. Leurs cheveux frisés brillaient dans le soleil et s'arrondissaient sur leurs épaules en masses lourdes et odorantes. On ne savait laquelle choisir. Colin savait. Il n'osa pas embrasser Chloé pour ne pas troubler l'harmonie de sa toilette et se rattrapa avec Isis et Alise. Elles se laissèrent faire de bon gré, voyant comme il était heureux.

Toute la chambre était pleine des fleurs blanches choisies par Colin et sur l'oreiller du lit défait, il y avait un pétale de rose rouge. L'odeur des fleurs et le parfum des filles se mêlaient étroi-

117

tement et Chick se prenait pour une abeille en ruche. Alise portait une orchidée mauve dans ses cheveux, Isis une rose écarlate et Chloé un gros camélia blanc. Elle tenait une gerbe de lis et un bracelet de feuilles de lierre toutes neuves et vernies de frais brillait à côté de son gros bracelet d'or bleu. Sa bague de fiançailles était pavée de petits diamants carrés ou oblongs qui dessinaient, en morse, le nom de Colin. Dans un coin, sous une gerbe, apparaissait le sommet du crâne d'un cinématographiste qui tournait désespérément sa manivelle.

Colin posa quelques instants avec Chloé, puis ce furent Chick, Alise et Isis. Et tous se rassemblèrent alors et suivirent Chloé, qui pénétra la première dans l'ascenseur. Les câbles d'icelui s'allongèrent tant sous le poids de sa trop lourde charge, qu'il n'y eut pas besoin d'appuyer sur le bouton, mais ils prirent soin de sortir tous d'un coup pour ne point remonter avec la cabine.

Le chauffeur ouvrit la porte, les trois filles et Colin montèrent derrière, Chick se mit devant et l'on partit. Tous les gens se retournaient dans la rue et moulinaient les bras avec enthousiasme, croyant que c'était le Président, et puis repartaient dans leur direction en pensant à des choses brillantes et dorées.

L'église n'était pas très éloignée. La voiture décrivit une élégante cardioïde[1] et s'arrêta en bas des marches.

Sur le perron, entre deux gros piliers sculptés, le Religieux, le Bedon et le Chuiche faisaient la parade avant la noce. Derrière eux, de longues draperies de soie blanche descendaient jusqu'au sol et les quatorze Enfants de Foi exécutaient un ballet. Ils étaient revêtus de blouses blanches, avec des culottes rouges et des souliers blancs. Les filles portaient des petites jupes rouges plis-sées au lieu de culottes et une plume rouge dans les cheveux. Le Religieux tenait la grosse caisse, le Bedon jouait du fifre et le Chuiche scandait le rythme avec des maracas. Ils chantaient tous trois le refrain en chœur, après quoi, le Chuiche esquissa un pas de claquettes, saisit une basse et exécuta un chorus sensationnel à l'archet, sur une musique de circonstance.

Les septante-trois Musiciens jouaient déjà sur leur balcon, et les cloches sonnaient à toute volée. Il y eut un bref accord dissonant car le chef d'orchestre, qui s'était trop rapproché du bord, venait de tomber dans le vide, et le vice-

---

1. Cardioïde ou «limaçon de Pascal» (Étienne, père de Blaise); courbe élégante et selon Vian «affectueuse» (*L'Arrache-cœur*, Le Livre de Poche, 1992, p. 193) qui offre la forme d'un cœur très gonflé.

chef prit la direction de l'ensemble. Au moment où le chef d'orchestre s'écrasa sur les dalles, ils firent un autre accord pour couvrir le bruit de la chute mais l'église trembla sur sa base.

Colin et Chloé regardaient, émerveillés, la parade du Religieux, du Bedon et du Chuiche, et deux sous-Chuiches attendaient par-derrière, à la porte de l'église, le moment de présenter la hallebarde.

Le Religieux fit un dernier roulement en jonglant avec les baguettes, le Bedon tira de son fifre un miaulement suraigu, qui fit entrer en dévotion la moitié des bigotes rangées tout le long des marches pour voir la mariée, et le Chuiche brisa, dans un dernier accord, les cordes de sa contrebasse. Alors les quatorze Enfants de Foi descendirent les marches à la queue leu leu et les filles se rangèrent à droite, les garçons à gauche de la porte de la voiture.

Chloé sortit, elle était ravissante et radieuse dans sa robe blanche; Alise et Isis suivirent. Nicolas venait d'arriver et s'approcha du groupe. Colin prit le bras de Chloé, Nicolas celui d'Isis et Chick celui d'Alise et ils gravirent les marches, suivis des frères Desmarais, Coriolan à droite et Pégase à gauche, pendant que les Enfants de Foi venaient par couples en s'amignotant tout au long de l'escalier. Le Religieux, le Bedon et le Chuiche, après avoir rangé leurs instruments, dansaient une ronde en attendant.

Sur le perron, Colin et ses amis exécutèrent un mouvement compliqué, et se trouvèrent groupés de la façon adéquate pour entrer dans l'église : Colin avec Alise, Nicolas au bras de Chloé, puis Chick et Isis et enfin les frères Desmarais, mais cette fois Pégase à droite et Coriolan à gauche. Le Religieux et ses séides s'arrêtèrent de tourner, prirent la tête du cortège, et tous, chantant un vieux chœur grégorien, se ruèrent vers la porte. Les sous-Chuiches leur cassaient sur la tête, au passage, un petit ballon de cristal mince rempli d'eau lustrale et leur plantaient dans les cheveux un bâtonnet d'encens allumé qui brûlait avec une flamme jaune pour les hommes, et violette pour les femmes.

Les wagonnets étaient rangés à l'entrée de l'église. Colin et Alise s'installèrent dans le premier et partirent tout de suite. On tombait dans un couloir obscur qui sentait la religion. Le wagonnet filait sur les rails avec un bruit de tonnerre et la musique retentissait avec une grande force. Au bout du couloir, le wagonnet enfonça une porte, tourna à angle droit, et le Saint apparut dans une lumière verte. Il grimaçait horriblement et Alise se serra contre Colin. Des toiles d'araignées leur balayaient la figure et des frag-

121

ments de prières leur revenaient à la mémoire. La seconde vision fut celle de la Vierge, et à la troisième, face à Dieu qui avait un œil au beurre noir et l'air pas content, Colin se rappelait toute la prière et put la dire à Alise. Le wagonnet déboucha dans un fracas assourdissant sous la voûte de la travée latérale et s'arrêta. Colin descendit, laissa Alise gagner sa place et attendit Chloé qui émergea bientôt.

Ils regardèrent la nef. Il y avait une grande foule, tous les gens qui les connaissaient étaient là, écoutant la musique et se réjouissant d'une si belle cérémonie.

Le Chuiche et le Bedon, cabriolant dans leurs beaux habits, apparurent, précédant le Religieux qui conduisait le Chevêche. Tout le monde se leva et le Chevêche s'assit dans un grand fauteuil en velours. Le bruit des chaises sur les dalles était très harmonieux.

La musique s'arrêta soudain. Le Religieux s'agenouilla devant l'autel, tapa trois fois sa tête par terre et le Bedon se dirigea vers Colin et Chloé pour les mener à leur place tandis que le Chuiche faisait ranger les Enfants de Foi des deux côtés de l'autel. Il y avait maintenant un très profond silence dans l'église et les gens retenaient leur haleine.

Partout, de grandes lumières envoyaient des faisceaux de rayons sur des choses dorées qui les faisaient éclater dans tous les sens, et les larges raies jaunes et violettes de l'église donnaient à la nef l'aspect de l'abdomen d'une énorme guêpe couchée, vue de l'intérieur.

Très haut, les Musiciens commencèrent un chœur vague; les nuages entraient; ils avaient une odeur de coriandre et d'herbe de montagnes. Il faisait chaud dans l'église et l'on se sentait enveloppé d'une atmosphère bénigne et ouatée.

Agenouillés devant l'autel, sur deux prioirs recouverts de velours blanc, Colin et Chloé, la main dans la main, attendaient. Le Religieux, devant eux, compulsait rapidement un gros livre car il ne se rappelait plus les formules; de temps à autre, il se retournait pour jeter un coup d'œil à Chloé dont il aimait bien la robe. Enfin, il s'arrêta de tourner les pages, se redressa, fit, de la main, un signe au chef d'orchestre, qui attaqua l'Ouverture; le Religieux prit son souffle et commença de chanter le Cérémonial, soutenu par un fond de onze trompettes bouchées jouant à l'unisson. Le Chevêche somnolait doucement, la main sur la crosse, et savait qu'on le réveillerait au moment de chanter à son tour. L'Ouverture et le Cérémonial étaient écrits sur des thèmes classiques de blues[1]. Pour l'Engagement, Colin avait demandé que l'on jouât l'arrangement de Duke Ellington sur un vieil air bien connu, *Chloé*.

Devant Colin, accroché à la paroi, on voyait Jésus sur une grande croix noire. Il paraissait heureux d'avoir été invité et regardait tout cela avec intérêt. Colin tenait la main de Chloé et souriait vaguement à Jésus. Il était un peu fatigué. La Cérémonie lui revenait très cher, cinq mille doublezons et il était content qu'elle fût réussie. Il y avait des fleurs tout autour de l'autel. Il aimait la musique que l'on jouait en ce moment. Il vit le Religieux devant lui et reconnut l'air. Alors, il ferma doucement les yeux, il se pencha un peu en avant et il dit « Oui ». Chloé dit « Oui » aussi et le Religieux leur serra vigoureusement la main. L'orchestre repartit de plus belle et le Chevêche se leva pour l'Exhortation. Le Chuiche se glissait entre les rangées de personnes pour donner un grand coup de canne sur les doigts de Chick qui venait d'ouvrir son livre au lieu d'écouter.

---

1. Le *blues* est un terme musical complexe, défini techniquement par Vian dans *Autres Écrits sur le jazz* (C. Bourgois, 1982, p. 237). Chez Ellington, le *blues* est à la fois lancinant, incantatoire, fortement sensuel et mélancolique.

XXII

Le Chevêche était parti ; Colin et Chloé, debout dans la sacristoche, recevaient des poignées de main et des injures pour leur porter bonheur. D'autres gens leur donnaient des conseils pour la nuit, un camelot passa en leur proposant des photographies pour s'instruire. Ils commençaient à se sentir très las. La musique jouait toujours et les gens dansaient dans l'église où l'on servait la glace lustrale et des rafraîchissements pieux, avec des petits sandwiches à la morue. Le Religieux avait remis ses habits de tous les jours, avec un gros trou sur la fesse, mais il comptait se payer un surtout neuf avec le bénéfice pris sur les cinq mille doublezons. En plus, il venait d'escroquer l'orchestre, comme on fait toujours, et de refuser de payer le cachet du chef puisqu'il était mort avant d'avoir commencé. Le Bedon et le Chuiche déshabillaient les Enfants de Foi pour remettre leurs costumes en place, et le Chuiche se chargeait spécialement des petites filles. Les deux sous-Chuiches, engagés comme extras, étaient partis. Le camion des Peintureurs attendait dehors. Ils s'apprêtaient à enlever le jaune et le violet pour les remettre dans des pots tout dégoûtants.

Aux côtés de Colin et de Chloé, Alise et Chick, Isis et Nicolas, recevaient aussi des poignées de main. Les frères Desmarais en donnaient. Lorsque Pégase voyait son frère se rapprocher trop d'Isis qui était à côté de lui, il lui pinçait la hanche de toutes ses forces en le traitant d'inverti.

Il restait encore une douzaine de personnes. C'étaient les amis personnels de Colin et Chloé qui devaient venir à la réception de l'après-midi. Ils sortirent tous de l'église en jetant un dernier regard aux fleurs de l'autel et sentirent l'air froid les frapper au visage en arrivant sur le perron. Chloé se mit à tousser et descendit les marches très vite pour entrer dans la voiture chaude. Elle se pelotonna sur les coussins et attendit Colin.

Les autres, sur le perron, regardaient partir les Musiciens que l'on emmenait dans une voiture cellulaire parce qu'ils avaient tous des dettes. Ils étaient serrés comme des sardines et soufflaient pour se venger, dans leurs instruments, ce qui, de la part des violonistes, produisait un bruit abominable.

XXIII

De forme sensiblement carrée, assez élevée de plafond, la chambre de Colin prenait jour sur le dehors par une baie de cinquante centimètres de haut qui courait sur toute la longueur du mur à un mètre vingt du sol environ. Le plancher était recouvert d'un épais tapis orange clair et les murs tendus de cuir naturel.

Le lit ne reposait pas sur le tapis mais sur une plate-forme à mi-hauteur du mur. On y accédait par une petite échelle de chêne syracusé garnie de cuivre rouge blanc. La niche formée par la plate-forme, sous le lit, servait de boudoir. Il s'y trouvait des livres et des fauteuils confortables, et la photographie du Dalaï-Lama.

Colin dormait encore. Chloé venait de se réveiller et le regardait. Elle avait les cheveux en désordre et paraissait encore plus jeune. Il ne restait sur le lit qu'un drap, celui de dessous, le reste avait voltigé dans toute la pièce, bien chauffée par des pompes à feu. Elle était maintenant

127

assise, les genoux remontés sous le menton, et se frottait les yeux, puis s'étira et se laissa retomber en arrière et l'oreiller s'infléchit sous son poids.

Colin était étendu à plat ventre, les bras autour de son traversin, et bavait comme un vieux bébé. Chloé se mit à rire et s'agenouilla à côté de lui pour le secouer vigoureusement. Il se réveilla, se souleva sur les poignets, s'assit et l'embrassa avant d'ouvrir les yeux. Chloé se laissait faire avec une certaine complaisance et le guidait vers les places de choix. Elle avait une peau ambrée et savoureuse comme de la pâte d'amandes.

La souris grise à moustaches noires grimpa le long de l'échelle et vint les avertir que Nicolas attendait. Ils se rappelèrent le voyage et bondirent hors du lit. La souris profitait de leur inattention pour puiser largement dans une grosse boîte de chocolats à la sapote qui se trouvait au chevet du lit.

Ils firent promptement leur toilette, mirent des costumes assortis et se hâtèrent vers la cuisine. Nicolas les avait invités à prendre le petit déjeuner dans son domaine. La souris les suivit et s'arrêta dans le couloir. Elle voulait voir pourquoi les soleils n'entraient pas aussi bien que d'habitude, et les engueuler à l'occasion.

— Alors, dit Nicolas, vous avez bien dormi?

Les yeux de Nicolas étaient cernés et son teint plus ou moins brouillé.

— Très bien, dit Chloé, qui se laissa tomber sur une chaise, car elle avait du mal à se tenir debout.

— Et toi? demanda Colin, qui glissa et se retrouva assis par terre sans faire aucun effort pour se rattraper.

— Moi, dit Nicolas, j'ai raccompagné Isis chez elle, et comme il se doit elle m'a fait boire.

— Ses parents n'étaient pas là? demanda Chloé.

— Non, dit Nicolas, il y avait juste ses deux cousines, et elles ont absolument voulu que je reste.

— Elles avaient quel âge, demanda Colin, insidieusement.

— Je ne sais pas, dit Nicolas, mais, au toucher, je donnerais seize ans à l'une et dix-huit à l'autre.

— Tu as passé la nuit là-bas? demanda Colin.

— Euh… dit Nicolas, elles étaient toutes les trois un peu éméchées, alors j'ai dû les mettre au lit. Le lit d'Isis est très grand… il y avait encore une place. Je n'ai pas voulu vous réveiller, alors j'ai dormi avec elles.

— Dormi?… dit Chloé, le lit devait être très dur parce que tu as bien mauvaise mine…

129

Nicolas toussa d'une façon peu naturelle et s'affaira autour des appareils électriques.

— Goûtez ça, dit-il pour changer la conversation.

C'étaient des abricots fourrés aux dattes et aux pruneaux dans un sirop onctueux et caramélisé sur le dessus.

— Est-ce que tu pourras conduire ? demanda Colin.

— J'essaierai, dit Nicolas.

— C'est bon, ça, dit Chloé. Prends-en avec nous, Nicolas.

— Je préfère quelque chose de plus remontant, dit Nicolas.

Il se confectionna un horrible breuvage sous les yeux de Colin et de Chloé. Il y avait du vin blanc, une cuillerée de vinaigre, cinq jaunes d'œufs, deux huîtres, et cent grammes de viande hachée avec de la crème fraîche et une pincée d'hyposulfite de soude. Le tout descendit dans son gosier en faisant le bruit d'un cyclotron en pleine vitesse.

— Alors ? demanda Colin, qui s'étranglait presque de rire en voyant la grimace de Nicolas.

— Ça va… répondit Nicolas avec effort.

Effectivement, les cernes disparurent subitement de ses yeux comme si l'on y avait passé de la benzine, et son teint s'éclaircit visiblement. Il

130

s'ébroua, serra les poings et rugit. Chloé le regardait, un peu inquiète.

— Tu n'as pas mal au ventre, Nicolas?

— Pas du tout! brailla Nicolas. C'est fini. Je vous donne la suite, et puis on va s'en aller…

XXIV

La grande voiture blanche se frayait précautionneusement un chemin dans les ornières de la route. Colin et Chloé, assis derrière, regardaient le paysage avec un certain malaise. Le ciel était bas, des oiseaux rouges volaient au ras des fils télégraphiques en montant et descendant, comme eux, et leurs cris aigres se reflétaient sur l'eau plombée des flaques.

— Pourquoi est-on passés par là ? demanda Chloé à Colin.

— C'est un raccourci, dit Colin. C'est obligatoire. La route ordinaire est usée. Tout le monde a voulu y rouler parce qu'il y faisait beau tout le temps, et maintenant, il ne reste que celle-ci. Ne t'inquiète pas, Nicolas sait conduire.

— C'est cette lumière, dit Chloé.

Son cœur battait vite, comme serré dans une coque trop dure. Colin passa son bras autour des épaules de Chloé, et prit le cou gracieux entre ses doigts, sous les cheveux, comme on prend un petit chat.

— Oui, dit Chloé en rentrant la tête dans les épaules, car Colin la chatouillait, touche-moi, j'ai peur toute seule.

— Veux-tu que je mette les glaces jaunes ? dit Colin.

— Mets quelques couleurs.

Colin pressa des boutons verts, bleus, jaunes, rouges, et les glaces correspondantes remplacèrent celles de la voiture. On se serait cru dans un arc-en-ciel, et sur la fourrure blanche, des ombres bariolées dansaient au passage de chaque poteau télégraphique. Chloé se sentit mieux.

Il y avait, des deux côtés de la route, une mousse rase et maigre, d'un vert décoloré, et de temps à autre, un arbre tordu et échevelé. Pas un souffle de vent ne ridait les nappes de boue qui giclaient sous les roues de la voiture. Nicolas peinait dur pour garder le contrôle de la direction et se maintenait avec effort au milieu de la chaussée effondrée. Il se retourna un instant.

— Ne vous en faites pas, dit-il à Chloé, ça ne va pas durer. La route change bientôt.

Chloé se tourna vers la glace à sa droite et frissonna. Une bête écailleuse les regardait passer, debout près d'un poteau télégraphique.

133

— Regarde, Colin, qu'est-ce que c'est?…

Colin regarda.

— Je ne sais pas, dit-il. Ça… ça n'a pas l'air méchant.

— C'est un des hommes qui entretiennent les lignes, dit Nicolas, par-dessus son épaule. Ils sont habillés comme ça pour que la boue n'entre pas jusqu'à eux…

— C'était… c'était très laid… murmura Chloé.

Colin l'embrassa.

— N'aie pas peur, ma Chloé, c'était juste un homme…

Sous les roues, le sol paraissait plus ferme. Une vague lueur teintait l'horizon.

— Regarde! dit Colin, c'est le soleil…

Nicolas secoua négativement la tête.

— Ce sont les mines de cuivre, dit-il. On va les traverser.

La souris, à côté de Nicolas, dressa l'oreille.

— Oui, lui dit Nicolas. Il va faire chaud…

La route tourna plusieurs fois. La boue, maintenant, commençait à fumer. La voiture était environnée de vapeurs blanches à forte odeur de cuivre. Puis, la boue durcit complètement et la chaussée émergea, craquelée et poussiéreuse. Loin devant, l'air vibrait comme au-dessus d'un grand four.

— Je n'aime pas ça! dit Chloé. On ne peut pas passer d'un autre côté?

— Il n'y a que ce chemin… dit Colin. Veux-tu lire le livre de Gouffé? Je l'ai pris…

Ils n'avaient pas emmené d'autres bagages, comptant tout acheter en route.

— On baisse les glaces de couleur? dit encore Colin.

— Oui, dit Chloé, maintenant, la lumière est moins mauvaise!…

Brusquement, la route tourna de nouveau et ils se trouvaient au milieu des mines de cuivre. Elles s'étageaient des deux côtés, de quelques mètres en contrebas. D'immenses étendues de cuivre verdâtre, à l'infini, déroulaient leur aridité. Des centaines d'hommes, vêtus de combinaisons hermétiques, s'agitaient autour des feux. D'autres empilaient en pyramides régulières le combustible que l'on amenait sans cesse dans des wagonnets électriques. Le cuivre, sous l'effet de la chaleur, fondait et coulait en ruisseaux rouges frangés de scories spongieuses et dures comme de la pierre. De place en place, on le rassemblait dans de grands réservoirs où des machines le pompaient et le transvasaient dans des tuyaux ovales.

— Quel travail terrible!… dit Chloé.

— C'est assez bien payé!… dit Nicolas.

Quelques hommes s'étaient arrêtés pour voir passer la voiture. On ne voyait dans leurs yeux qu'une pitié un peu narquoise. Ils étaient larges et forts, ils avaient l'air inaltérable.

— Ils ne nous aiment pas… dit Chloé. Allons-nous-en d'ici.

— Ils travaillent… dit Colin.

— Ce n'est pas une raison, dit Chloé.

Nicolas accéléra un peu. La voiture filait sur la croûte craquelée, dans la rumeur des machines et du cuivre en fusion.

— On va bientôt rejoindre l'ancienne route, dit Nicolas.

XXV

— Pourquoi sont-ils si méprisants ? demanda Chloé. Ce n'est pas tellement bien, de travailler.

— On leur a dit que c'est bien, dit Colin. En général, on trouve ça bien. En fait, personne ne le pense. On le fait par habitude et pour ne pas y penser, justement.

— En tout cas, c'est idiot de faire un travail que des machines pourraient faire.

— Il faut construire les machines, dit Colin. Qui le fera ?

— Oh, évidemment, dit Chloé, pour faire un œuf, il faut une poule, mais une fois qu'on a la poule, on peut avoir des tas d'œufs. Il vaut donc mieux commencer par la poule.

— Il faudrait savoir, dit Colin, qui empêche de faire des machines. C'est le temps qui doit manquer. Les gens perdent leur temps à vivre, alors il ne leur en reste plus pour travailler.

— Ce n'est pas plutôt le contraire? demanda Chloé.

— Non, dit Colin. Si ils avaient le temps de construire les machines, après ils n'auraient plus besoin de rien faire. Ce que je veux dire, c'est qu'ils travaillent pour vivre au lieu de travailler à construire des machines qui les feraient vivre sans travailler.

— C'est compliqué, estima Chloé.

— Non, dit Colin. C'est très simple. Ça devrait, bien entendu, venir progressivement. Mais on perd tellement de temps à faire des choses qui s'usent.

— Mais tu crois qu'ils n'aimeraient pas mieux rester chez eux et embrasser leur femme et aller à la piscine et aux divertissements?

— Non, dit Colin, parce qu'ils n'y pensent pas.

— Mais est-ce que c'est leur faute si ils croient que c'est bien de travailler?

— Non, dit Colin, ce n'est pas leur faute. C'est parce qu'on leur a dit : le travail, c'est sacré, c'est bien, c'est beau, c'est ce qui compte avant tout, et seuls les travailleurs ont droit à tout. Seulement, on s'arrange pour les faire travailler tout le temps et alors ils ne peuvent pas en profiter.

— Mais alors ils sont bêtes, dit Chloé.

– Oui, ils sont bêtes, dit Colin. C'est pour ça qu'ils sont d'accord avec ceux qui leur font croire que le travail, c'est ce qu'il y a de mieux. Ça leur évite de réfléchir et de chercher à progresser et à ne plus travailler.

– Parlons d'autre chose, dit Chloé. C'est épuisant, ces sujets-là. Dis-moi si tu aimes mes cheveux.

– Je t'ai déjà dit…

Il la prit sur ses genoux. De nouveau, il se sentait complètement heureux.

– Je t'ai déjà dit que je t'aimais bien, en gros et en détail.

– Alors, détaille, murmura Chloé, en se laissant aller dans les bras de Colin, câline comme une couleuvre.

XXVI

— Pardon, Monsieur, demanda Nicolas, Monsieur désire-t-il que nous descendions ici?

L'auto s'était arrêtée devant un hôtel au bord de la route. C'était la bonne route, lisse, moirée de reflets photogéniques, avec des arbres parfaitement cylindriques des deux côtés, de l'herbe fraîche, du soleil, des vaches dans les champs, des barrières vermoulues, des haies en fleur, des pommes aux pommiers et des feuilles mortes en petits tas, avec de la neige de place en place, pour varier le paysage, des palmiers, des mimosas et des pins du Nord dans le jardin de l'hôtel et un garçon roux ébouriffé qui conduisait deux moutons et un chien ivre. D'un côté de la route, il y avait du vent, et de l'autre, pas. On choisissait celui qui vous plaisait. Un arbre sur deux seulement donnait de l'ombre et dans un seul des fossés, on trouvait des grenouilles.

— Descendons ici, dit Colin. Aussi bien, nous n'arriverons pas au Sud aujourd'hui.

Nicolas ouvrit la portière et mit pied à terre.

Il portait un beau costume de chauffeur en cuir de porc et une élégante casquette assortie. Il recula de deux pas et regarda la voiture. Colin et Chloé descendirent aussi.

— Notre véhicule est passablement souillé! dit Nicolas. C'est toute cette boue que nous avons traversée.

— Ça ne fait rien, dit Chloé, on va le faire laver à l'hôtel.

— Entre et va voir si ils ont des chambres, dit Colin, et de quoi se nutritionner.

— Très bien, Monsieur, dit Nicolas, portant sa main à la visière de sa casquette, et plus exaspérant que jamais.

Il poussa la barrière de chêne ciré dont la poignée recouverte de velours lui donna le frisson.

Ses pas firent craquer le gravier et il monta les deux marches. La porte vitrée céda sous sa poussée; il disparut dans le bâtiment.

Les jalousies étaient baissées et l'on n'entendait aucun bruit. Le soleil cuisait doucement les pommes tombées et les faisait éclore en petits pommiers verts et frais qui fleurissaient instantanément et donnaient des pommes plus petites encore. À la troisième génération, on ne voyait plus guère qu'une sorte de mousse verte et rose où des pommes minuscules roulaient comme des billes.

Quelques bestioles zonzonnaient dans le soleil, se rendant à des tâches incertaines, et dont certaines consistaient en une rapide giration sur place. Du côté venteux de la route, les graminées se courbaient en sourdine, des feuilles voltigeaient avec un froissement léger. Quelques insectes à élytres tentaient de remonter le courant en produisant un petit clapotis semblable à celui des roues d'un vapeur cinglant vers les grands lacs. Colin et Chloé, l'un près de l'autre, se laissaient insoler sans rien dire et leurs cœurs battaient tous deux, sur un rythme de boogie.

La porte vitrée grinça faiblement. Nicolas réapparut. Sa casquette était de travers et sa toilette en désordre.

— Ils t'ont mis dehors? demanda Colin.

— Non, Monsieur! dit Nicolas. Ils peuvent recevoir Monsieur et Madame, et s'occuper de la voiture.

— Que t'est-il arrivé? demanda Chloé.

— Euh… dit Nicolas, le patron n'est pas là. J'ai été reçu par sa fille.

— Arrange-toi, dit Colin. Tu n'es pas correct.

— Je prie Monsieur de m'excuser, dit Nicolas, mais j'ai pensé que deux chambres valaient un sacrifice.

– Va te mettre en civil, dit Colin, et recommence à parler normalement. Tu me mets les nerfs en bobines.

Chloé s'arrêta pour jouer avec un petit tas de neige. Les flocons doux et froids restaient blancs et ne fondaient pas.

– Regarde comme elle est jolie!… dit-elle à Colin.

Sous la neige, il y avait des primevères, des bluets et des coquelicots.

– Oui, dit Colin, mais tu as tort de toucher ça, tu vas avoir froid.

– Oh! non! dit Chloé, et elle se mit à tousser comme une étoffe de soie qui se déchire.

– Ma Chloé… dit Colin en l'entourant de ses bras, ne tousse pas comme ça… tu me fais mal…

Elle lâcha la neige qui tomba lentement, comme du duvet, et se remit à briller au soleil.

– Je n'aime pas cette neige… murmura Nicolas.

Il se reprit aussitôt.

– Je prie Monsieur de m'excuser pour la liberté de ce langage.

Colin retira un de ses souliers et le précipita à la figure de Nicolas qui se baissa pour gratter une petite tache à son pantalon, et se releva au bruit du verre cassé.

— Oh!... Monsieur!... dit Nicolas avec reproche. C'est la fenêtre de la chambre de Monsieur...

— Eh bien, tant pis, dit Colin. Ça nous aérera. Et puis ça t'apprendra à parler comme un idiot.

Il se dirigea à cloche-pied, aidé par Chloé, vers la porte de l'hôtel. Le carreau cassé commençait à repousser; une mince pellicule se formait sur les bords du châssis, opalescente et irisée d'éclats incertains, aux couleurs vagues et changeantes.

XXVII

— As-tu bien dormi ? demanda Colin.

— Pas mal, et toi ? dit Nicolas, en civil cette fois.

Chloé bâilla et prit le pichet de sirop de câpres.

— Ce carreau m'a empêchée de dormir… dit-elle.

— Il n'est pas fermé ? demanda Nicolas.

— Pas tout à fait, dit Chloé, la fontanelle est encore assez ouverte pour laisser passer un fameux courant d'air. Ce matin, j'avais la poitrine toute pleine de cette neige.

— C'est assommant, dit Nicolas. Je vais les engueuler sévèrement. Au fait, on repart ce matin ?

— Après midi, dit Colin.

— Faudra que je remette ma tenue de chauffeur, dit Nicolas.

— Oh ! Nicolas, dit Colin, si tu continues, je…

— Oui, dit Nicolas, mais pas maintenant.

Il engloutit son bol de sirop de câpres et ter-
mina ses tartines.

— Je vais faire un tour à la cuisine, annonça-
t-il en se levant et en rectifiant son nœud de cravate au moyen d'un alésoir de poche.

Il quitta la pièce et l'on entendit le bruit de ses
pas décroître vers, probablement, la cuisine.

— Qu'est-ce que tu veux qu'on fasse, ma
Chloé? demanda Colin.

— S'embrasser, dit Chloé.

— Sûr!… répondit Colin. Mais après?

— Après, dit Chloé, je ne peux pas le dire tout
haut.

— Bon! dit Colin, mais après?

— Après, dit Chloé, il sera l'heure de déjeuner. Prends-moi dans tes bras, j'ai froid, c'est
cette neige.

Le soleil entrait en vagues dorées dans la
pièce.

— Il ne fait pas froid, ici, dit Colin.

— Non, dit Chloé en se serrant contre lui;
mais j'ai froid. Après, j'écrirai à Alise.

XXVIII

Dès le début de la rue, la foule se bousculait pour accéder à la salle où Jean-Sol donnait sa conférence[1]. Les gens utilisaient les ruses les plus variées pour déjouer la surveillance du cordon sanitaire chargé d'examiner la validité des cartes d'invitation, car on en avait mis en circulation de fausses par dizaines de milliers.

Certains arrivaient en corbillard et les gendarmes plongeaient une longue pique d'acier dans le cercueil, les clouant au chêne pour l'éternité, ce qui évitait de les en sortir pour l'inhumation et ne causait de tort qu'aux vrais morts éventuels, dont le linceul se trouvait bousillé ; d'autres se faisaient parachuter par avion spécial (et l'on se battait aussi au Bourget pour monter dans l'avion). Une équipe de pompiers prenait ceux-là pour cible et, au moyen de lances d'incen-

---

1. C'est la fameuse conférence de Sartre du 29 octobre 1945 au Club Maintenant qui inspire ici Vian (cf. S. de Beauvoir, *La Force des choses*, Gallimard, 1963, pp. 50-51).

die, les déviait vers la scène où ils se noyaient misérablement ; d'autres enfin tentaient d'arriver par les égouts. On les repoussait à grands coups de souliers ferrés sur les jointures, au moment où ils s'agrippaient au rebord pour se rétablir et sortir, et les rats se chargeaient du reste. Mais rien ne décourageait ces passionnés (ce n'étaient pas les mêmes, il faut l'avouer, qui se noyaient et qui persévéraient dans leurs tentatives) et la rumeur montait vers le zénith, se répercutant sur les nuages en un roulement caverneux.

Seuls les purs, les au courant, les intimes avaient de vraies cartes, très facilement reconnaissables des fausses et, pour cette raison, passaient sans encombre par une allée étroite ménagée au ras des maisons et gardée tous les cinquante centimètres par un agent secret déguisé en servo-frein. Ils étaient néanmoins en fort grand nombre et la salle, déjà pleine, continuait d'accueillir, de seconde en minute, de nouveaux arrivants.

Chick était dans la place depuis la veille. Il avait, à prix d'or, obtenu du concierge le droit de le remplacer et, pour rendre ce remplacement possible, brisé la jambe gauche dudit concierge au moyen d'un anspect de rechange. Il ne ménageait pas les doublezons lorsqu'il s'agissait de Partre. Alise et Isis attendaient, avec lui, l'arrivée du conférencier. Elles venaient de passer la

nuit là, très désireuses de ne pas manquer l'évé-
nement. Chick, dans son uniforme vert foncé
de concierge, était séduisant au possible. Il négli-
geait beaucoup son travail depuis qu'il était entré
en possession des vingt-cinq mille doublezons
de Colin.

Le public qui se pressait là présentait des aspects
bien particuliers. Ce n'étaient que visages fuyants
à lunettes, cheveux hérissés, mégots jaunis, ren-
vois de nougats et, pour les femmes, petites nattes
miteuses ficelées autour du crâne et canadienne
portée à même la peau, avec échappées en forme
de tranches de seins sur fond d'ombre.

Dans la grande salle du rez-de-chaussée, au
plafond mi-vitré, mi-décoré de fresques à l'eau
lourde, et bien propres à faire naître dans l'esprit
des assistants des doutes sur l'intérêt d'une existence peuplée de formes féminines aussi décou-
rageantes, on se rassemblait de plus belle et les
tard venus n'avaient que la ressource de rester
au fond sur un pied, l'autre servant à écarter les
voisins trop proches. Une loge spéciale, dans
laquelle trônaient la duchesse de Bovouard et
sa suite, attirait les regards d'une foule presque
exsangue et insultait par son luxe de bon aloi au
caractère provisoire des dispositions personnelles
d'un rang de philosophes montés sur pliants.

149

L'heure de la conférence approchait et la foule devenait fébrile. Un chahut commençait à s'organiser dans le fond, quelques étudiants cherchant à semer le doute dans les esprits en déclamant à haute voix des passages tronqués dilatoirement du *Serment sur la Montagne*, de la Baronne Orczy[1].

Mais, Jean-Sol approchait. Des sons de trompe d'éléphant se firent entendre dans la rue et Chick se pencha par la fenêtre de sa loge. Au loin, la silhouette de Jean-Sol émergeait d'un houdah blindé sous lequel le dos de l'éléphant, rugueux et ridé, prenait un aspect insolite à la lueur d'un phare rouge. À chaque angle du houdah, un tireur d'élite armé d'une hache se tenait prêt. À grandes enjambées, l'éléphant se frayait un chemin dans la foule et le piétinement sourd des quatre piliers s'agitant dans les corps écrasés se rapprochait inexorablement. Devant la porte, l'éléphant s'agenouilla et les tireurs d'élite descendirent. D'un bond gracieux, Partre sauta au milieu d'eux, et, ouvrant la route à coups de

---

1. La baronne Orczy (1865-1947), auteur de romans anglais sentimentaux, particulièrement *Le Mouron rouge (The Scarlet Pimpernel)* qui met en scène un Zorro anglais dans la Révolution française.

Le *Serment sur la Montagne* rappelle le Sermon sur la Montagne de Jésus aux apôtres (Matthieu, 5-7) sur les « Béatitudes », la Loi et les commandements – d'où le serment.

hache, ils progressèrent vers l'estrade. Les agents refermèrent les portes et Chick se précipita dans un couloir dérobé qui aboutissait derrière l'estrade, poussant devant lui Isis et Alise.

Le fond de l'estrade était garni d'une tenture de velours enkysté dans lequel Chick avait percé des trous pour voir. Ils s'assirent sur des coussins et attendirent. À un mètre d'eux à peine, Partre se préparait à lire sa conférence. Il émanait de son corps souple et ascétique une radiance extraordinaire, et le public, captivé par le charme redoutable qui parait ses moindres gestes, attendait, anxieux, le signal du départ.

Nombreux étaient les cas d'évanouissement dus à l'exaltation intra-utérine qui s'emparait plus particulièrement du public féminin, et, de leur place, Alise, Isis et Chick entendaient distinctement le halètement des vingt-quatre spectateurs qui s'étaient faufilés sous l'estrade et se déshabillaient à tâtons pour tenir moins de place.

— Tu te rappelles? demanda Alise en regardant Chick avec tendresse.

— Oui, dit Chick. C'est là qu'on s'est connus…

Il se pencha vers Alise et l'embrassa doucement.

— Vous étiez là-dessous? demanda Isis.

— Oui, dit Alise. C'était très agréable.

— Je le crois, dit Isis. Qu'est-ce que c'est que ça, Chick?

Chick se mettait à ouvrir une grosse caisse noire à côté de laquelle il s'était assis.

— C'est un enregistreur… dit-il. Je l'ai acheté en prévision de la conférence.

— Oh!… dit Isis. Quelle bonne idée… comme ça, on n'aura pas besoin d'écouter.

— Oui, dit Chick, et en rentrant, on pourra l'écouter toute la nuit si on veut, mais on ne le fera pas pour ne pas abîmer les disques. Je les ferai doubler avant, et peut-être que je demanderai à la maison « Le Cri du Patron » de m'en sortir un tirage commercial.

— Ça a dû vous coûter très cher… dit Isis.

— Oh! dit Chick, ça n'a pas d'importance.

Alise soupira. Un soupir si léger qu'elle fut la seule à l'entendre… et elle l'entendit à peine.

— Ça y est! dit Chick. Il commence!… J'ai mis mon micro avec ceux de la Radio officielle qui sont sur sa table, ils ne s'en apercevront pas.

Jean-Sol venait de débuter. On n'entendit tout d'abord que le cliquetis des obturateurs. Les photographes et reporters de la presse et du cinéma s'en donnaient à cœur joie, mais l'un d'eux fut renversé par le recul de son appareil et une horrible confusion s'ensuivit. Ses confrères furieux se ruèrent sur lui et l'arrosèrent de poudre de magnésium. Il disparut dans un éclair éblouissant à la satisfaction générale, et les agents emmenèrent en prison tous ceux qui restaient.

— Merveilleux! dit Chick. Je serai le seul à avoir l'enregistrement…

Le public, qui s'était tenu à peu près calme jusqu'ici, commençait à s'énerver et manifestait son admiration pour Partre à grand renfort de cris et d'acclamations chaque fois qu'il disait un mot, ce qui rendait assez difficile la compréhension parfaite du texte.

— Ne cherchez pas à tout piger, dit Chick, on écoutera l'enregistrement à loisir.

— Surtout qu'ici on n'entend rien, dit Isis, il ne fait pas plus de bruit qu'une souris. Au fait, avez-vous des nouvelles de Chloé?

— J'ai reçu une lettre d'elle, dit Alise.

— Sont-ils enfin arrivés?

— Oui, ils ont réussi à partir, mais ils vont abréger leur séjour là-bas car Chloé n'est pas très bien portante, dit Alise.

— Et Nicolas? demanda Isis.

— Il va bien. Chloé me dit qu'il s'est horriblement mal tenu avec toutes les filles des hôteliers chez qui ils se sont arrêtés.

— Il est bien, Nicolas, dit Isis. Je me demande pourquoi il est cuisinier.

— Oui, dit Chick, c'est drôle.

— Pourquoi ça? dit Alise. Je trouve ça mieux que d'être collectionneur de Partre, ajouta-t-elle en pinçant l'oreille de Chick.

— Mais Chloé n'est pas gravement malade? demanda Isis.

— Elle ne me dit pas ce qu'elle a, dit Alise. Elle a mal dans la poitrine.

— Elle est si jolie, Chloé, dit Isis. Je ne peux pas me figurer qu'elle soit malade.

— Oh!… souffla Chick, regardez!

Une partie du plafond venait de se soulever et une rangée de têtes apparut. D'audacieux admirateurs venaient de se faufiler jusqu'à la verrière, et d'effectuer cette opération délicate. Il y en avait d'autres qui les poussaient et les premiers s'agrippaient énergiquement aux rebords de l'ouverture.

— Ils n'ont pas tort, dit Chick, cette conférence est remarquable.

Partre s'était levé et présentait au public des échantillons de vomi empaillé. Le plus joli, pomme crue et vin rouge, obtint un franc succès. On commençait à ne plus s'entendre, même derrière le rideau où se trouvaient Isis, Alise et Chick.

154

— Enfin, dit Isis, quand seront-ils là?

— Demain ou après-demain, dit Alise.

— Cela fait si longtemps qu'on ne les a vus, dit Isis.

— Oui, dit Alise, depuis leur mariage.

— C'était si réussi, ce mariage, conclut Isis.

— Oui, dit Alise, c'est ce soir-là que Nicolas t'a raccompagnée…

Heureusement, la totalité du plafond s'abattit dans la salle, évitant à Isis de donner des détails. Une épaisse poussière s'éleva. Dans les plâtras, des formes blanchâtres s'agitaient, titubaient et s'effondraient asphyxiées par le nuage lourd qui planait au-dessus des débris. Partre s'était arrêté et riait de bon cœur en se tapant sur les cuisses, heureux de voir tant de gens engagés dans cette aventure. Il avala une grande goulée de poussière et se mit à tousser comme un fou.

Chick, fébrile, tournait des boutons sur son enregistreur et produisit une grosse lueur verte qui s'enfuit au ras du sol et disparut dans une fente du parquet. Une seconde, puis une troisième suivirent et il coupa le courant juste au moment où une sale bête pleine de pattes allait sortir du moteur.

— Qu'est-ce que je fais? dit-il. Il est bloqué, c'est la poussière dans le micro.

Le pandémonium, dans la salle, était à son comble. Partre, maintenant, buvait à même la carafe et se préparait à s'en aller car il venait de lire sa dernière feuille. Chick se décida.

— Je vais lui offrir de sortir par là! dit-il. Filez devant, je vous rejoins.

XXIX

En passant dans le couloir, Nicolas s'arrêta. Les soleils entraient décidément mal. Les carreaux de céramique jaune paraissaient ternis et voilés d'une légère brume, et les rayons, au lieu de rebondir en gouttelettes métalliques, s'écrasaient sur le sol pour s'étaler en flaques minces et paresseuses. Les murs, pommelés de soleil, ne brillaient plus uniformément, comme avant. Les souris ne paraissaient pas spécialement gênées par ce changement, sauf la grise à moustaches noires dont l'air profondément ennuyé frappait dès l'abord. Nicolas supposa qu'elle regrettait l'arrêt inopiné du voyage et les relations qu'elle avait pu se faire en route.

— Tu n'es pas contente? demanda-t-il.

La souris eut un geste de dégoût et montra les murs.

— Oui, dit Nicolas. C'est pas ça. Avant, ça allait mieux, je ne sais pas ce qu'il y a.

La souris parut réfléchir un instant puis hocha la tête et ouvrit les bras d'un air incompréhensif.

— Moi non plus, dit Nicolas, je ne comprends pas. Même quand on frotte, ça ne change rien. C'est probablement l'atmosphère qui devient corrosive.

Il s'arrêta, pensif, et hocha la tête à son tour, puis reprit sa route. La souris croisa les bras et se mit à mâchonner d'un air absent, puis recracha précipitamment en sentant le goût du chewing-gum pour chats. Le marchand s'était trompé.

Dans la salle à manger, Chloé déjeunait avec Colin.

— Alors, demanda Nicolas, ça va mieux?

— Tiens? dit Colin, tu te décides à parler comme tout le monde.

— Je n'ai pas mes souliers, expliqua Nicolas.

— Ça ne va pas mal, dit Chloé.

Elle avait les yeux brillants et le teint vif, et l'air heureux de se retrouver à la maison.

— Elle a mangé la moitié de la tarte au poulet, dit Colin.

— Ça me fait plaisir, dit Nicolas. Celle-là n'était pas de Gouffé.

— Qu'est-ce que tu veux faire aujourd'hui, Chloé? demanda Colin.

– Oui, dit Nicolas, est-ce qu'on déjeune tôt ou tard?

– J'aimerais sortir avec vous deux et Isis et Chick et Alise et aller à la patinoire et dans les magasins et dans une surprise-party, dit Chloé, et m'acheter une bague verte à système.

– Bon! dit Nicolas, alors je vais me mettre tout de suite à ma cuisine.

– Fais la cuisine en civil, Nicolas, dit Chloé, c'est tellement moins fatigant pour nous. Et puis, tu seras prêt tout de suite.

– Je vais passer prendre de l'argent dans mon coffre à doublezons, dit Colin, et toi, Chloé, téléphone aux amis; on va faire une belle sortie.

– Je téléphone... dit Chloé.

Elle se leva et courut au téléphone. Elle décrocha le récepteur et imita le cri du chat-huant pour avertir qu'elle voulait parler à Chick.

Nicolas débarrassa la table en appuyant sur un petit levier et la vaisselle sale s'achemina vers l'évier par un gros tube pneumatique qui se dissimulait sous le tapis. Il quitta la pièce et regagna le couloir.

La souris, debout sur les pattes de derrière, grattait avec ses mains un des carreaux ternis. Là où elle avait gratté cela brillait de nouveau.

– Eh bien! dit Nicolas, tu y arrives!... C'est remarquable.

159

La souris s'arrêta, haletante, et montra à Nicolas le bout de ses mains, toutes écorchées et sanglantes.

– Oh! dit Nicolas. Tu t'es fait mal… Viens, laisse ça, après tout, il y a encore ici beaucoup de soleil. Viens, je vais te panser.

Il la mit dans sa poche de poitrine et elle laissait pendre au-dehors ses pauvres pattes abîmées, essoufflée, les yeux mi-clos.

Colin tournait les boutons de son coffre à doublezons avec une grande rapidité et fredonnait. Il n'était plus tenaillé par l'inquiétude de ces derniers jours et se sentait le cœur en forme d'orange. Le coffre était de marbre blanc incrusté d'ivoire, et les boutons d'améthyste vert-noir. Le niveau indiquait soixante mille doublezons.

Le couvercle bascula avec un claquement huilé et Colin cessa de sourire. Le niveau, bloqué pour on ne sait quelle raison, venait de se fixer, après deux ou trois oscillations, à trente-cinq mille doublezons. Il plongea la main dans le coffre et vérifia rapidement l'exactitude du dernier chiffre.

Faisant un rapide calcul mental, il constata la vraisemblance de ce chiffre : sur cent mille, il en avait donné vingt-cinq mille à Chick, quinze mille pour la voiture, cinq mille pour la cérémonie… le reste avait filé tout naturellement. Ceci le rassura un peu.

– C'est normal, dit-il à voix haute, et sa voix lui parut étrangement altérée.

Il prit ce qu'il lui fallait, hésita, en remit la moitié avec un geste de lassitude et referma la porte ; les boutons tournèrent rapidement en faisant un petit cliquettement clair. Il tapota le cadran du niveau et vérifia qu'il indiquait bien la somme contenue.

Puis il se releva. Il resta debout pendant quelques instants, s'étonnant de l'énormité des sommes qu'il avait dû engager pour donner à Chloé ce qu'il jugeait digne d'elle, et sourit en pensant à Chloé décoiffée le matin dans le lit, à la forme du drap sur son corps étendu et à la couleur d'ambre de sa peau lorsqu'il enlevait le drap, et il s'astreignit brusquement à penser au coffre parce que ce n'était pas le moment de penser à ces choses-là.

Chloé s'habillait.

– Dis à Nicolas de faire des sandwiches, dit-elle, qu'on parte tout de suite… Je leur ai donné rendez-vous chez Isis.

Colin l'embrassa sur l'épaule, profitant d'une éclaircie, et courut prévenir Nicolas. Nicolas achevait de soigner la souris et lui fabriquait une petite paire de béquilles en bambou.

161

— Voilà… conclut-il. Marche avec ça jusqu'à ce soir et il n'y paraîtra plus.

— Qu'est-ce qu'elle a? demanda Colin en lui caressant la tête.

— Elle a voulu nettoyer les carreaux du couloir! dit Nicolas. Elle y est arrivée, mais ça lui a fait mal.

— Ne te soucie pas de ça, dit Colin, ça reviendra tout seul.

— Je ne sais pas, dit Nicolas. C'est bizarre. On dirait que les carreaux respirent mal.

— Ça reviendra, dit Colin, je pense, du moins. Ça n'a jamais fait ça jusqu'à maintenant?

— Non, dit Nicolas.

Colin resta quelques instants devant la fenêtre de la cuisine.

— C'est peut-être l'usure normale, dit-il. On pourrait essayer de les faire changer…

— Cela coûtera très cher, dit Nicolas.

— Oui… dit Colin. Il vaut mieux attendre.

— Qu'est-ce que tu voulais? demanda Nicolas.

— Ne fais pas de cuisine, dit Colin. Seulement des sandwiches, on va partir tout de suite.

— Bon, je m'habille, dit Nicolas.

Il posa la souris par terre et elle se dirigea vers la porte, oscillant entre ses petites béquilles. Ses moustaches noires dépassaient des deux côtés.

XXX

La rue avait tout à fait changé d'aspect depuis le départ de Colin et de Chloé. Maintenant, les feuilles des arbres étaient grandes et les maisons quittaient leur teinte pâle pour se nuancer d'un vert effacé avant d'acquérir le beige doux de l'été. Le pavé devenait élastique et souple sous les pas et l'air sentait la framboise. Il faisait encore frais, mais on devinait le beau temps derrière les fenêtres aux vitres bleuâtres. Des fleurs vertes et bleues poussaient le long des trottoirs, et la sève serpentait autour de leurs tiges minces avec un léger bruit, humide comme un baiser d'escargots.

Nicolas ouvrait la marche. Il était vêtu d'un complet sport de chaud lainage moutarde et portait, en dessous, un chandail à col roulé dont le Jacquard dessinait un Saumon à la Chambord tel qu'il apparaît à la page 607 du *Livre de Cuisine* de Gouffé[1]. Ses souliers de cuir jaune à semelle

1. Cf. note 1, p. 25.

crêpe froissaient à peine la végétation – il prenait soin de marcher dans les deux sillons que l'on dégageait pour laisser passer les voitures.

Colin et Chloé le suivaient. Chloé tenait Colin par la main et respirait à longs traits les odeurs de l'air. Chloé avait une petite robe de laine blanche et un mantelet de léopard benzolé, dont les taches, atténuées par ce traitement, s'élargissaient en auréoles et se recoupaient en curieuses interférences. Ses cheveux mousseux flottaient librement et exaltaient une douce vapeur parfumée de jasmin et d'œillet. Colin, les yeux mi-clos, se guidait sur ce parfum et ses lèvres frémissaient doucement à chaque inhalation. Les façades des maisons s'abandonnaient un peu, quittant leur sévère rectitude, et l'aspect résultant de la rue déroutait parfois Nicolas qui devait s'arrêter pour lire les plaques émaillées.

– Qu'est-ce que nous allons faire d'abord? demanda Colin.

– Aller dans les magasins, dit Chloé. Je n'ai plus une seule robe.

– Tu ne veux pas aller chez les Sœurs Calotte[1], comme d'habitude? dit Colin.

---

1. Callot Sœurs fut une maison de couture célèbre, rivale de Worth et Paquin. La déformation orthographique rappelle la calotte ecclésiastique et le fameux cri anticlérical : « À bas la calotte! »

– Non, dit Chloé, je veux aller dans les magasins et m'acheter des robes toutes faites et des choses.

– Isis va sûrement être contente de te revoir, Nicolas, dit Colin.

– Pourquoi ça? demanda Nicolas.

– Je ne sais pas…

Ils tournèrent dans la rue Sidney-Bechet[1] et c'était là. La concierge, devant la porte, se balançait dans un rocking-chair mécanique dont le moteur faisait un bruit pétaradant sur un rythme de polka. C'était un vieux système.

Isis les accueillit, Chick et Alise étaient déjà là. Isis avait une robe rouge et sourit à Nicolas. Elle embrassa Chloé et ils s'entrebaisèrent tous pendant quelques instants.

– Tu as bonne mine, ma Chloé, dit Isis. Je croyais que tu étais malade. Ça me rassure…

– Je vais mieux! dit Chloé, Nicolas et Colin m'ont très bien soignée.

– Comment vont vos cousines? demanda Nicolas.

Isis rougit jusqu'aux yeux.

---

1. Ce jazzman de La Nouvelle-Orléans (1897-1959), professionnel à treize ans, illustra sur son saxo soprano un excellent jazz des origines, entre les États-Unis et la France où il joua en particulier avec Claude Luter, se maria et s'installa à partir de 1948.

— Elles me demandent de vos nouvelles tous les deux jours… dit-elle.

— Ce sont de charmantes filles ! dit Nicolas en se détournant légèrement, mais vous êtes plus ferme.

— Oui, dit Isis.

— Et ce voyage ? demanda Chick.

— Ça s'est bien passé, dit Colin. La route était très mauvaise au début, mais ça s'est arrangé.

— Sauf la neige, dit Chloé, c'était bien…

Elle porta la main à sa poitrine.

— C'était très froid cette neige.

— Où va-t-on ? demanda Alise.

— Je peux vous résumer la conférence de Partre, dit Chick, si vous voulez.

— Tu en as acheté beaucoup, depuis notre départ ? demanda Colin.

— Oh… non… dit Chick.

— Et ton travail ? demanda Colin.

— Oh !… Ça va ! dit Chick. J'ai un type pour me remplacer quand je suis forcé de sortir.

— Il fait ça pour rien ? dit Colin.

— Oh !… presque, dit Chick… Vous voulez qu'on aille tout de suite à la patinoire ?

— Non… on va dans les magasins, dit Chloé. Mais si les hommes veulent aller patiner…

— C'est une idée… dit Colin.

— Je les accompagnerai dans les magasins, proposa Nicolas. Je dois faire quelques achats.

— C'est très bien comme ça, dit Isis. Mais allons-y vite pour avoir le temps de patiner un peu après.

XXXI

Colin et Chick patinaient depuis une heure et il commençait à y avoir du monde sur la glace. Toujours les mêmes filles, toujours les mêmes garçons, toujours les chutes et toujours les varlets-nettoyeurs avec la raclette. Le préposé venait de passer au pick-up une rengaine apprise par cœur depuis des semaines par tous les habitués. Il la remplaça par l'autre face, à laquelle tout le monde s'attendait car ses manies finissaient par être connues, mais le disque s'arrêta soudain et une voix caverneuse se fit entendre dans tous les haut-parleurs sauf un, dissident, qui continua de jouer la musique. La voix priait Monsieur Colin de bien vouloir passer au contrôle car on le demandait au téléphone.

— Qu'est-ce que ça peut être, dit Colin.

Il se hâta vers le bord, suivi de Chick, et prit pied sur les tapis de caoutchouc. Il longea le bar et pénétra dans la cabine de contrôle où était le microphone. L'homme des disques était en train d'en passer un à la brosse en chiendent pour enlever les aspérités nées de l'usure.

— Allô! dit Colin en prenant l'appareil…

Il écouta. Chick le vit, étonné d'abord, devenir brusquement de la couleur de la glace.

— Est-ce grave? demanda-t-il.

Colin lui fit signe de se taire.

— J'arrive, dit-il dans le récepteur et il raccrocha.

Les parois de la cabine se resserraient et il sortit avant d'être broyé, suivi de près par Chick. Il courut sur ses patins, ses pieds se tordaient dans tous les sens. Il appela un garçon.

— Ouvrez-moi vite ma cabine. Le 309.

— La mienne aussi, dit Chick. 311.

Le garçon les suivit, sans trop se presser. Colin se retourna, le vit à dix mètres et attendit qu'il parvînt à sa hauteur. Prenant son élan, sauvagement, il lui décocha un formidable coup de patin sous le menton, et la tête du garçon alla se ficher sur une des cheminées d'aération de la machinerie tandis que Colin s'emparait de la clé que le cadavre, l'air absent, tenait encore à la main. Colin ouvrit une cabine, y poussa le corps, cracha dessus et bondit vers le 309. Chick referma la porte.

— Qu'y a-t-il? demanda-t-il, essoufflé, en arrivant.

Colin avait déjà ôté ses patins et remis ses souliers.

— Chloé… dit Colin. Elle est malade.

— Grave?

— Je ne sais pas, dit Colin. Elle a eu une syncope.

Il était prêt et filait.

— Où vas-tu? cria Chick.

— Chez moi… cria Colin, et il disparut dans l'escalier de béton sonore.

À l'autre bout de la patinoire, les hommes de la machinerie sortirent, suffoqués, car l'aération ne fonctionnait plus, et s'effondrèrent, épuisés, tout autour de la piste. Chick, frappé de stupeur, un patin à la main, regardait vaguement l'endroit où Colin avait disparu. Sous la porte de la cabine 128, une mince rigole de sang mousseux serpentait lentement, et la liqueur rouge se mit à couler sur la glace, en grosses gouttes fumantes et lourdes.

XXXII

Il courait de toutes ses forces, et les gens, devant ses yeux, s'inclinaient lentement pour tomber, comme des quilles, allongés sur le pavé, avec un clapotement mou, comme un grand carton qu'on lâche à plat.

Et Colin courait, courait, l'angle aigu de l'horizon serré entre les maisons se précipitait vers lui ; sous ses pas, il faisait nuit, une nuit d'ouate noire, amorphe et inorganique, et le ciel était sans teinte, un plafond, un angle aigu de plus, il courait vers le sommet de la pyramide, arrêté au cœur par des sections de nuit moins noire, mais il y avait encore trois rues avant la sienne.

Chloé reposait, très claire, sur le beau lit de leurs noces. Elle avait les yeux ouverts mais respirait mal. Alise était avec elle, Isis aidait Nicolas qui préparait, d'après Gouffé, un reconstituant certain, et la souris grise broyait de ses dents aiguës des graines d'herbe à décoctions pour le breuvage de chevet.

Mais Colin ne savait pas, il courait, il avait peur, pourquoi, ça ne suffit pas, de toujours rester ensemble, il faut encore qu'on ait peur, peut-être est-ce un accident, une auto l'a écrasée, elle serait sur son lit, je ne pourrais pas la voir, ils m'empêcheraient d'entrer, mais vous croyez donc peut-être que j'ai peur de ma Chloé, je la verrai malgré vous, mais non, Colin, n'entre pas. Elle est peut-être blessée, seulement, alors, il n'y aura rien du tout, demain, nous irons ensemble au Bois, pour revoir le banc, j'avais sa main dans la mienne et ses cheveux près des miens, son parfum sur l'oreiller. Je prends toujours son oreiller, nous nous battrons encore le soir, le mien elle le trouve trop bourré, il reste tout rond sous sa tête et moi je le reprends après, il sent l'odeur de ses cheveux. Jamais plus je ne sentirai la douce odeur de ses cheveux.

Le trottoir se dressa devant lui, il le franchit d'un bond de géant, il était au premier étage, il monta, il ouvrit la porte et tout était calme et tranquille, pas de gens en noir, pas de religieux, la paix des tapis aux dessins gris-bleu, Nicolas lui dit « Ce n'est pas grand-chose » et Chloé sourit, elle était heureuse de le revoir.

XXXIII

La main de Chloé, tiède et confiante, était dans la main de Colin. Elle le regardait, ses yeux clairs un peu étonnés le tenaient en repos. En bas de la plate-forme, dans la chambre, il y avait des soucis qui s'amassaient, acharnés à s'étouffer les uns les autres. Chloé sentait une force opaque dans son corps, dans son thorax, une présence opposée, elle ne savait comment lutter, elle toussait de temps en temps pour déplacer l'adversaire, accroché à sa chair profonde. Il lui paraissait qu'en respirant à fond, elle se fût livrée vive à la rage terne de l'ennemi, à sa malignité insidieuse. Sa poitrine se soulevait à peine, et le contact des draps lisses sur ses jambes longues et nues mettait le calme dans ses mouvements. À ses côtés, Colin, le dos un peu courbé, la regardait. La nuit venait, se formait en couches concentriques autour du petit noyau lumineux de la lampe allumée au chevet du lit, prise dans

173

le mur, enfermée par une plaque ronde de cristal dépoli.

– Mets-moi de la musique, mon Colin, dit Chloé. Mets des airs que tu aimes.

– Ça va te fatiguer, dit Colin.

Il parlait de très loin, il avait très mauvaise mine. Son cœur tenait toute la place dans sa poitrine, il ne s'en rendait compte que maintenant.

– Non, je t'en prie, dit Chloé.

Colin se leva, descendit la petite échelle de chêne et chargea l'appareil automatique. Il y avait des haut-parleurs dans toutes les pièces et il mit en route celui de la chambre.

– Qu'as-tu mis? demanda Chloé.

Elle souriait, elle le savait bien.

– Tu te rappelles? dit Colin.

– Je me rappelle…

– Tu n'as pas mal?…

– Je n'ai pas très mal…

À l'endroit où les fleuves se jettent dans la mer, il se forme une barre difficile à franchir, et de grands remous écumeux où dansent les épaves. Entre la nuit du dehors et la lumière de la lampe, les souvenirs refluaient de l'obscurité, se heurtaient à la clarté et, tantôt immergés, tantôt apparents, montraient leur ventre blanc et leur dos argenté. Chloé se redressa un peu.

– Viens t'asseoir près de moi…

Colin se rapprocha d'elle, il s'installa en travers du lit et la tête de Chloé reposait au creux de son bras gauche. La dentelle de sa chemise légère dessinait sur la peau dorée de Chloé un réseau capricieux, tendrement gonflé par la naissance de ses seins. La main de Chloé s'accrochait à l'épaule de Colin.

– Tu n'es pas fâché?…

– Pourquoi fâché?

– D'avoir une femme si bête…

Il embrassa le creux de l'épaule confiante.

– Tire un peu ton bras, ma Chloé, tu vas prendre froid.

– Je n'ai pas froid, dit Chloé. Écoute le disque.

Il y avait quelque chose d'éthéré dans le jeu de Johnny Hodges, quelque chose d'inexplicable et de parfaitement sensuel. La sensualité à l'état pur, dégagée du corps.

Les coins de la chambre se modifiaient et s'arrondissaient sous l'effet de la musique. Colin et Chloé reposaient maintenant au centre d'une sphère.

– Qu'est-ce que c'était? demanda Chloé.

– C'était *The Mood to Be Wooed*[1]… dit Colin.

1. Enregistrement de J. Hodges et Duke Ellington en 1945; une des « vitrines » pour le talent du premier. Cf. *Écrits sur le jazz* 1, p. 329. Pour Johnny Hodges : cf. note 1, pp. 54-55.

— C'est ce que je sentais, dit Chloé. Comment le docteur va-t-il pouvoir entrer dans notre chambre avec la forme qu'elle a?

XXXIV

Nicolas alla ouvrir. Il y avait sur le seuil un docteur.

— Je suis le docteur… dit-il.

— Bon! dit Nicolas. Si vous voulez vous donner la peine de me suivre.

Il l'entraîna derrière lui.

— Voilà, expliqua-t-il quand ils furent arrivés à la cuisine. Goûtez ça et dites-moi ce que vous en pensez.

C'était, dans un réceptacle silico-sodo-calcique vitrifié, un breuvage de couleur particulière, tirant sur le pourpre de Cassius et le vert de vessie avec un léger écart vers le bleu de chrome.

— Qu'est-ce que c'est? demanda le docteur.

— Un breuvage… dit Nicolas.

— Je vois bien, dit le docteur, mais à quoi destiné?

— Un reconstituant! dit Nicolas.

Le docteur porta le verre à son nez, flaira, s'alluma, huma et goûta, puis but, et se tint

177

le ventre à deux mains en lâchant sa trousse à doctoriser.

— Ça agit, hein? dit Nicolas.

— Boûh… oui, dit le docteur. Il y a de quoi crever. Vous êtes vétérinaire?

— Non, dit Nicolas, cuisinier. Enfin, ça va, en somme.

— Pas mal! dit le docteur. Je me sens ragaillardi.

— Venez voir la malade, dit Nicolas, maintenant, vous êtes désinfecté.

Le docteur se mit en route, mais dans le mauvais sens. Il paraissait assez peu maître de ses mouvements.

— Eh, dit Nicolas, dites donc, vous êtes en mesure de faire votre examen, oui?

— Ben… dit le docteur, j'aimerais avoir l'avis d'un confrère, alors j'ai demandé à Mangemanche de venir…

— Bon! dit Nicolas. Alors, venez par ici…

Il ouvrit la porte de l'escalier de service.

— Vous descendez les trois étages, et vous tournez à droite. Vous entrez et vous y êtes…

— Bien! dit le docteur.

Il commença à descendre, et s'arrêta soudain.

— Mais *où* suis-je?

— Là! dit Nicolas.

— Ah!… bien!… dit le docteur.

Nicolas referma la porte. Colin arrivait.

— Qu'est-ce que c'était ? demanda-t-il.

— Un docteur. Il avait l'air idiot, alors je m'en suis débarrassé.

— Mais il en faut un, dit Colin.

— Bien sûr ! dit Nicolas. Mangemanche doit venir.

— J'aime mieux ça ! dit Colin.

La sonnette tinta de nouveau.

— Ne bouge pas, dit Colin, j'y vais.

Dans le couloir, la souris grimpa le long de sa jambe et vint se percher sur son épaule droite. Il se pressa et ouvrit au professeur.

— Bonjour, dit ce dernier.

Il était vêtu de noir et portait une chemise d'un jaune éclatant.

— Physiologiquement, déclara-t-il, le noir sur fond jaune correspond au contraste maximum. J'ajoute que ce n'est pas fatigant pour la vue et que ça évite d'être écrasé dans la rue.

— Certainement ! approuva Colin.

Le professeur Mangemanche pouvait avoir quarante ans. Il était de taille à les supporter, mais pas un de plus. Il avait le visage glabre, avec une petite barbe en pointe, des lunettes inexpressives.

— Voulez-vous me suivre ? proposa Colin.

— Je ne sais pas, dit le professeur. J'hésite.

Il se décida tout de même.

— Qui est malade?

— Chloé, dit Colin.

— Ah! dit le professeur, ça me rappelle un air…

— Oui, dit Colin, c'est celui-là.

— Bon!… conclut Mangemanche, allons-y. Vous auriez dû me le dire plus tôt. Qu'est-ce qu'elle a?

— Je ne sais pas, dit Colin.

— Moi non plus, avoua le professeur, maintenant, je peux bien vous le dire.

— Mais vous allez le savoir? demanda Colin, inquiet.

— Ça se peut, dit le professeur Mangemanche, dubitatif. Encore faudrait-il que je l'examinasse.

— Mais venez donc! dit Colin.

— Mais oui! dit le professeur.

Colin le conduisit jusqu'à la porte de la chambre et se rappela brusquement quelque chose.

— Faites attention en entrant, dit-il, c'est rond.

— Oui, j'ai l'habitude, dit Mangemanche. Elle est enceinte…

— Mais non! dit Colin. Vous êtes idiot. La chambre est ronde.

– Toute ronde ? demanda le professeur. Vous avez joué un disque d'Ellington, alors ?

– Oui, dit Colin.

– J'en ai aussi chez moi, dit Mangemanche. Vous connaissez *Slap Happy*[1] ?

– Je préfère… commença Colin… et il se rappela Chloé qui attendait et poussa le professeur dans la chambre.

– Bonjour ! dit le professeur.

Il monta l'échelle.

– Bonjour, répondit Chloé. Vous allez bien ?

– Mon Dieu, répondit le professeur, mon foie me fait souffrir par moments. Vous savez ce que c'est.

– Non, dit Chloé.

– Bien entendu ! répondit le professeur. Vous n'avez certainement pas le foie malade.

Il s'approcha de Chloé et lui prit la main.

– Un peu chaud, hein ?…

– Je ne me rends pas compte.

– Oui, dit le professeur, mais c'est un tort.

Il s'assit sur le lit.

– Je vais vous ausculter, si ça ne vous ennuie pas.

– Je vous en prie, dit Chloé.

1. Morceau enregistré par Duke Ellington, en 1938, avec un très beau solo de contrebasse de Billy Taylor, qui justifie le terme de *slap* (« claque », « gifle ») caractérisant le jeu du bassiste.

181

Le professeur sortit de sa trousse un stétho-
scope à amplificateur et appliqua la capsule sur
le dos de Chloé.

— Comptez, dit-il.

Chloé compta.

— Ça ne va pas, dit le docteur, après vingt-six,
c'est vingt-sept.

— Oui, dit Chloé, excusez-moi.

— Ça suffit, d'ailleurs, dit le docteur. Vous
toussez.

— Oui, dit Chloé, et elle toussa.

— Qu'est-ce qu'elle a, docteur ? demanda
Colin, c'est grave ?

— Heu… dit le professeur, elle a quelque
chose au poumon droit. Mais je ne sais pas ce
que c'est.

— Alors ? demanda Colin.

— Il faudrait qu'elle vienne chez moi pour un
examen plus perfectionné, dit le professeur.

— Je n'aime pas beaucoup qu'elle se lève, docteur, dit Colin. Si elle se trouve mal, comme cet
après-midi…

— Non, dit le professeur, ce n'est pas grave,
ça. Je vais vous donner une ordonnance ; il faudra la suivre.

— Bien sûr, docteur, dit Chloé.

Elle porta la main à sa bouche et se mit à tousser.

– Ne toussez pas, dit Mangemanche.

– Ne tousse pas, mon chéri, dit Colin.

– Je ne peux pas m'empêcher, dit Chloé d'une voix entrecoupée.

– On entend une drôle de musique dans son poumon, dit le professeur.

Il avait l'air un peu ennuyé.

– Est-ce que c'est normal, docteur, demanda Colin.

– Jusqu'à un certain point… répondit le professeur.

Il tira sa petite barbe et elle revint à sa place avec un claquement sec.

– Quand devons-nous aller vous voir, docteur ? demanda Colin.

– Dans trois jours, dit le professeur. Il faut que je mette mes appareils en état.

– Vous ne vous en servez pas d'habitude ? demanda Chloé à son tour.

– Non, dit le professeur, je préfère de beaucoup construire des modèles réduits d'avions, mais on vient tout le temps me relancer, alors je suis sur le même depuis un an et je ne peux pas trouver le temps de le terminer. C'est exaspérant, à la fin.

– Sans doute, dit Colin.

– Ce sont des requins… dit le professeur. Je me compare avec complaisance au malheureux

183

naufragé dont les monstres voraces guettent la somnolence pour retourner le fragile esquif.

— C'est une belle image, dit Chloé, et elle rit, doucement, pour ne pas tousser de nouveau.

— Attention, mon petit, dit le professeur en lui mettant la main sur l'épaule. C'est une image complètement stupide, vu que d'après le *Génie civil* du 15 octobre 1944, contrairement à l'opinion courante, il n'y a que trois ou quatre des trente-cinq espèces de requins connues qui soient des mangeurs d'hommes. Encore s'attaquent-ils moins à lui qu'il ne s'attaque à eux.

— Vous parlez bien, docteur, admira Chloé.

Elle aimait bien ce docteur.

— C'est le *Génie civil*, dit le professeur, ce n'est pas moi. Sur ce, je vous quitte.

Il donna à Chloé un gros baiser sur la joue droite et lui tapota l'épaule, et descendit la petite échelle. Il se prit le pied droit dans le pied gauche, et le pied gauche dans le dernier barreau et chut.

— Votre installation est spéciale! fit-il remarquer à Colin en se frottant le dos vigoureusement.

— Excusez-moi, dit Colin.

— Et puis, ajouta le professeur, cette pièce sphérique a quelque chose de déprimant. Essayez de passer *Slap Happy*, ça la fera probablement revenir en place, ou alors rabotez-la.

— C'est entendu, dit Colin. Accepteriez-vous un petit apéritif?

— Va pour, dit le professeur. Au revoir, mon petit, cria-t-il à Chloé avant de quitter la chambre.

Chloé riait toujours. D'en bas, on la voyait assise sur le grand lit surbaissé comme sur une estrade d'apparat, éclairée de côté par l'ampoule électrique. Les rais de lumière filtraient à travers ses cheveux, avec la couleur du soleil dans les herbes neuves et la lumière qui avait passé contre sa peau se posait toute dorée sur les choses.

— Vous avez une jolie femme, dit le professeur à Colin, dans l'antichambre.

— Oui, dit Colin.

Il se mit à pleurer tout à coup, car il savait que Chloé avait mal.

— Allons… dit le professeur. Vous me mettez dans une situation embarrassante. Il va falloir que je vous console. Tenez…

Il fouillait dans une poche intérieure de sa veste et en retira un petit carnet relié de cuir rouge.

— Regardez. C'est la mienne.

— La vôtre? demanda Colin, qui s'efforçait de redevenir calme.

— Ma femme! expliqua le professeur.

Et Colin ouvrit le carnet machinalement et éclata de rire.

— Ça y est, dit le professeur. Ça ne rate jamais, ils rigolent tous. Mais enfin, qu'est-ce qu'elle a de si marrant?

— Je… je ne… sais pas, balbutia Colin, et il s'écroula par terre, en proie à une crise de gondolance extrême.

Le professeur récupéra son carnet.

— Vous êtes tous les mêmes, dit-il, vous croyez que les femmes ont besoin d'être jolies. Alors, cet apéritif, ça vient?

XXXV

Colin, suivi de Chick, poussa la porte du marchand de remèdes. Cela fit : ding ! et la glace de la porte s'effondra sur un système compliqué de fioles et d'appareils de laboratoire.

Alerté par le bruit, le marchand apparut. Il était grand, vieux et maigre et son chef s'empanachait d'une crinière blanche hérissée.

Il se précipita à son comptoir, saisit le téléphone et composa un numéro avec la rapidité résultant d'une longue habitude.

— Allô ! dit-il.

Sa voix avait le son d'une corne de brume et le sol, sous ses pieds longs, noirs et plats, s'inclinait régulièrement d'avant en arrière tandis que des paquets d'embrun s'abattaient sur le comptoir.

— Allô ? la maison Gershwin[1] ? Voudriez-vous remettre une glace à ma porte d'entrée ? Dans un

---

1. George Gershwin (1898-1937), célèbre compositeur new-yorkais qui mêle musique syncopée et musique savante pour des comédies musicales et des mélodies commerciales. Vian l'oppose parfois à Duke Ellington et le qualifie de « Guère Souigne » !

187

quart d'heure? Faites vite, car il peut venir un autre client. Bon.

Il reposa le récepteur qui se raccrocha avec effort.

— Messieurs, que puis-je pour vous?

— Exécuter cette ordonnance… suggéra Colin.

Le pharmacien saisit le papier, le plia en deux, en fit une bande longue et serrée et l'introduisit dans une petite guillotine de bureau.

— Voilà qui est fait, dit-il en pressant un bouton rouge.

Le couperet s'abattit et l'ordonnance se détendit et s'affaissa.

— Repassez ce soir à six heures de relevée, vos remèdes seront prêts.

— C'est, dit Colin, que nous sommes assez pressés.

— Nous, ajouta Chick, voudrions les avoir tout de suite.

— Si, répondit le marchand, vous voulez alors attendre, je vais préparer ce qu'il faut.

Colin et Chick s'assirent sur une banquette de velours pourpre, juste en face du comptoir et attendirent. Le marchand se baissa derrière son comptoir et quitta la pièce par une porte dérobée, en rampant presque silencieusement. Le frottis de son corps long et maigre sur le parquet s'atténua, puis s'évanouit dans l'air.

Ils regardaient les murs. Sur de longues étagères de cuivre patiné s'alignaient des bocaux renfermant des espèces simples et des topiques souverains. Une fluorescence compacte émanait du dernier bocal de chaque rangée. Dans un récipient conique de verre épais et corrodé, des têtards enflés tournaient en spirale descendante et atteignaient le fond puis repartaient en flèche vers la surface et reprenaient leur giration excentrée, laissant derrière eux un sillage blanchâtre d'eau épaissie. À côté, au fond d'un aquarium de plusieurs mètres de long, le marchand avait établi un banc d'essai de grenouilles à tuyères, et çà et là gisaient quelques grenouilles inutilisables dont les quatre cœurs battaient encore faiblement.

Derrière Chick et Colin, s'étendait une vaste fresque représentant le marchand de remèdes en train de forniquer avec sa mère, dans le costume de César Borgia[1] aux courses. Il y avait, sur des tables, une multitude de machines à faire les pilules et certaines fonctionnaient, bien qu'au ralenti ; les pilules, sortant d'une tubulure de verre bleu, étaient recueillies dans des mains

1. Romain (1476-1507), fils du futur pape Alexandre VI, cardinal à seize ans, capitaine général de l'Église, assassin de tous ses ennemis avant sa décadence sous Jules II. Il inspira Machiavel pour *Le Prince*.

de cire qui les mettaient en cornets de papier plissé.

Colin se leva pour regarder de plus près la machine la plus proche et souleva le carter rouillé qui la protégeait. À l'intérieur, un animal composite, mi-chair, mi-métal, s'épuisait à avaler la matière de base et à l'expulser sous forme de boulettes régulières.

— Viens voir, Chick, dit Colin.

— Quoi? demanda Chick.

— C'est très curieux… dit Colin.

Chick regarda. La bête avait une mâchoire allongée qui se déplaçait par rapides mouvements latéraux. Sous une peau transparente, on distinguait des côtes tubulaires d'acier mince et un conduit digestif qui s'agitait paresseusement.

— C'est un lapin modifié, dit Chick.

— Tu crois?

— Ça se fait couramment, dit Chick. On conserve la fonction qu'on veut. Là, il a gardé les mouvements du tube digestif sans la partie chimique de la digestion. C'est bien plus simple que de faire des pilules avec un pisteur normal.

— Qu'est-ce que ça mange? demanda Colin.

— Des carottes chromées, dit Chick. On en fabriquait à l'usine où je travaillais en sortant de la boîte. Et puis, on lui donne les éléments des pilules.

— C'est très bien inventé! dit Colin. Et ça fait de très jolies pilules.

— Oui, dit Chick, c'est bien rond.

— Dis donc, dit Colin en retournant s'asseoir.

— Quoi? demanda Chick.

— Combien est-ce qu'il te reste des vingt-cinq mille doublezons que je t'avais donnés avant de partir en voyage?

— Euh… répondit Chick.

— Il serait temps que tu te décides à épouser Alise. C'est tellement vexant pour elle de continuer comme tu continues…

— Oui… répondit Chick.

— Enfin, il te reste bien vingt mille doublezons, tout de même. C'est suffisant pour te marier…

— C'est que… dit Chick.

Il s'arrêta, car c'était dur à sortir.

— C'est que quoi? insista Colin. Tu n'es pas le seul à avoir des ennuis d'argent.

— Je sais bien, dit Chick.

— Mais alors?… dit Colin.

— Alors, dit Chick, il ne me reste que trois mille deux cents doublezons.

Colin se sentait très fatigué. Des choses pointues et ternes tournaient dans sa tête avec une rumeur vague de marée. Il se raidit sur la banquette.

191

— C'est pas vrai… dit-il.

Il était las, las comme si on venait de lui faire courir un grand steeple avec la cravache.

— C'est pas vrai… répéta-t-il. Tu me fais une blague.

— Non, dit Chick.

Chick était debout, il grattait du bout du doigt le coin de la table la plus proche. Les pilules roulaient dans les tubulures de verre avec un petit bruit de billes et le froissement du papier par les mains de cire créait une atmosphère de restaurant magdalénien.

— Mais qu'est-ce que tu en as fait? demanda Colin.

— J'ai acheté du Partre… dit Chick.

Il fouilla dans sa poche.

— Regarde celui-là. Je l'ai trouvé hier. Ce n'est pas une merveille?

C'était *Renvoi de Fleurs* en maroquin pelé, avec des hors-texte de Kierkegaard[1].

Colin prit le livre et le regarda, mais il ne voyait pas les pages. Il voyait les yeux d'Alise, à

---

1. *Renvoi de Fleurs* : parodie « partrienne » de la chanson à succès de Paul Delmet (1862-1904), « Envoi de fleurs ».
Kierkegaard : Søren Kierkegaard (1813-1855), philosophe et théologien danois qui opposa au système de Hegel la vérité de la subjectivité. Il a influencé considérablement les philosophes existentialistes.

son mariage, et le regard d'émerveillement triste qu'elle jetait sur la robe de Chloé; mais Chick ne pouvait pas comprendre. Les yeux de Chick n'allaient jamais si haut.

— Qu'est-ce que tu veux que je dise… murmura Colin. Alors tu as tout dépensé…

— J'ai eu deux de ses manuscrits la semaine dernière, dit Chick et sa voix vibrait d'excitation contenue. Et j'ai déjà enregistré sept de ses conférences…

— Oui… dit Colin.

— Pourquoi me demandes-tu ça? dit Chick. Ça lui est égal, Alise, que je l'épouse. Elle est heureuse comme ça. Je l'aime beaucoup, tu sais. Et puis elle aime énormément Partre aussi.

Une des machines paraissait s'emballer. Les pilules sortaient en cataracte et des éclairs violets jaillissaient au moment où elles tombaient dans les cornets de papier.

— Qu'est-ce qui se passe… dit Colin. Est-ce que c'est dangereux?

— Je ne pense pas, dit Chick. De toutes façons, ne restons pas à côté.

Ils entendirent, assez loin, une porte se fermer, et le marchand de remèdes surgit soudain derrière le comptoir.

— Je vous ai fait attendre… dit-il.

— Ça n'a pas d'importance, assura Colin.

– Si! dit le marchand, c'était exprès. C'est pour mon standing.

– Une de vos machines a l'air de s'emballer… dit Colin en désignant l'engin en question.

– Ah… dit le marchand de remèdes.

Il se pencha, prit sous son comptoir une carabine, épaula tranquillement et tira. La machine cabriola en l'air et retomba, pantelante.

– Ce n'est rien, dit le marchand. De temps en temps, le lapin l'emporte sur l'acier, et il faut les supprimer.

Il souleva sa machine, appuya sur le carter inférieur pour la faire pisser et la pendit à un clou.

– Voici vos remèdes, dit-il en tirant une boîte de sa poche. Faites attention, c'est très actif. Ne dépassez pas la dose.

– Ah… dit Colin. D'après vous, c'est contre quoi?…

– Je ne peux pas dire… répondit le marchand.

Il passa dans sa tignasse blanche une longue main aux ongles ondulés.

– Ça peut être pour beaucoup de choses… conclut-il, mais une plante ordinaire ne résisterait pas longtemps à ça.

– Ah… dit Colin. Combien vous dois-je?…

– C'est très cher… dit le marchand. Vous devriez m'assommer et partir sans payer.

— Oh, dit Colin, je suis trop fatigué.

— Alors c'est deux doublezons, dit le marchand.

Colin tira son portefeuille.

— Vous savez, dit le marchand, c'est vraiment du vol.

— Ça m'est égal, dit Colin d'une voix morte.

Il paya et s'en alla. Chick le suivait.

— Vous êtes stupide, dit le marchand de remèdes en le raccompagnant à la porte. Je suis vieux et pas résistant.

— J'ai pas le temps… murmura Colin.

— Ce n'est pas vrai, dit le marchand. Tout à l'heure vous n'étiez pas pressé.

— Maintenant, j'ai les remèdes, dit Colin. Au revoir, Monsieur.

Il marchait de biais à travers la rue, en attaque oblique, pour ménager ses forces.

— Tu sais, dit Chick, je ne vais pas me séparer d'Alise parce que je ne l'épouse pas…

— Oh, dit Colin, je ne peux rien dire… ça te regarde, après tout.

— C'est la vie, dit Chick.

— Non, dit Colin.

XXXVI

Le vent se frayait un chemin parmi les feuilles et ressortait des arbres tout chargé d'odeurs de bourgeons et de fleurs. Les gens marchaient un peu plus haut et respiraient plus fort car il y avait de l'air en abondance. Le soleil dépliait lentement ses rayons et les hasardait avec précaution dans des endroits où il ne pouvait atteindre directement, les recourbant à angles arrondis et onctueux, mais se heurtait à des choses très noires et les retirait vite, d'un mouvement nerveux et précis de poulpe doré. Son immense carcasse brûlante se rapprocha peu à peu puis se mit, immobile, à vaporiser les eaux continentales et les horloges sonnèrent trois coups.

Colin lisait une histoire à Chloé. C'était une histoire d'amour et ça finissait bien. En ce moment l'héros et l'héroïne s'écrivaient des lettres.

— Pourquoi c'est si long? demanda Chloé. Ça va bien plus vite, d'habitude.

– Tu as l'habitude de ces choses-là, toi? demanda Colin.

Il pinça vigoureusement l'extrémité d'un rayon de soleil qui allait atteindre l'œil de Chloé. Cela se rétracta mollement, et se mit à se promener sur des meubles dans la pièce.

Chloé rougit.

– Non, je n'ai pas l'habitude… dit-elle timidement, mais il me semble…

Colin ferma le livre.

– Tu as raison, ma Chloé.

Il se leva et s'approcha du lit.

– C'est l'heure de prendre une de tes pilules.

Chloé frissonna.

– C'est très désagréable, dit-elle. Est-ce que je suis forcée?

– Je crois, dit Colin. C'est ce soir que tu viens voir le docteur chez lui, on saura enfin ce que tu as. Pour l'instant il faut prendre les pilules. Après, il te donnera peut-être autre chose.

– C'est horrible, dit Chloé.

– Il faut être raisonnable.

– C'est comme si deux bêtes se battaient dans ma poitrine, quand j'en prends une. Et puis ce n'est pas vrai, il ne faut pas être raisonnable.

– Il vaut mieux pas, mais quelquefois, il faut, dit Colin.

Il ouvrit la petite boîte.

197

— Elles ont une sale couleur, dit Chloé, et elles sentent mauvais.

— Elles sont bizarres, je reconnais, dit Colin, mais il faut les prendre.

— Regarde ça, dit Chloé, elles remuent toutes seules. Et puis elles sont à moitié transparentes et ça vit sûrement à l'intérieur.

— Sûrement dans l'eau que tu bois après, dit Colin, ça ne vit pas longtemps.

— C'est idiot, ce que tu dis. C'est peut-être un poisson.

Colin se mit à rire.

— Alors, ça te fortifiera.

Il se pencha vers elle et l'embrassa.

— Prends-la, ma Chloé. Tu seras si gentille.

— Je veux bien, dit Chloé, mais alors tu m'embrasseras.

— Sûr! dit Colin. Tu n'es pas dégoûtée d'embrasser un vilain mari comme moi...

— C'est vrai que tu n'es pas beau, dit Chloé, taquine.

— C'est pas ma faute.

Colin baissa le nez.

— Je dors pas assez, continua-t-il.

— Mon Colin, embrasse-moi. Je suis très vilaine. Donne-moi deux pilules.

— Tu es folle! dit Colin. Une seule. Allez, avale.

Chloé ferma les yeux, elle pâlit et porta la main à sa poitrine.

— Ça y est, dit-elle avec effort. Ça va recommencer.

Des gouttelettes de sueur apparaissaient près de ses cheveux brillants.

Colin s'assit à côté d'elle et mit un bras autour de son cou. Elle saisit sa main entre les siennes et gémit.

— Calme, ma Chloé, dit Colin. Il faut.

— J'ai mal… murmura Chloé.

Des larmes grosses comme des yeux parurent au coin de ses paupières et tracèrent des sillons froids sur ses joues rondes et douces.

XXXVII

— Je ne peux plus tenir debout… murmura Chloé.

Elle avait les deux pieds par terre et tentait de se lever.

— Ça ne va pas du tout, dit-elle. Je suis toute flasque.

Colin s'approcha d'elle et la souleva. Elle s'accrocha à ses épaules.

— Tiens-moi, Colin, je vais tomber.

— C'est le lit qui t'a fatiguée… dit Colin.

— Non… dit Chloé, c'est les pilules de ton vieux marchand.

Elle essaya de se tenir toute seule et chancela. Colin la rattrapa et elle l'entraîna dans sa chute sur le lit.

— Je suis bien, comme ça, dit Chloé. Reste contre moi. Cela fait si longtemps que nous n'avons pas couché ensemble.

— Il ne faut pas, dit Colin.

— Si, il faut. Embrasse-moi. Je suis ta femme, oui ou non ?

— Oui, dit Colin, mais tu ne vas pas bien.

— C'est pas ma faute, dit Chloé, et sa bouche frémit un peu comme si elle allait pleurer.

Colin se pencha vers elle et l'embrassa très doucement, comme il eût embrassé une fleur.

— Encore, dit Chloé. Et pas seulement ma figure. Tu ne m'aimes plus, alors ? Tu ne veux plus de femme ?

Il la serra plus fort dans ses bras. Elle était tiède et odorante comme un flacon de parfum sortant d'une boîte capitonnée de blanc.

— Oui… dit Chloé en s'étirant, encore…

XXXVIII

— Nous serons en retard, affirma Colin.

— Ça ne fait rien, dit Chloé, règle ta montre.

— Tu ne veux vraiment pas qu'on y aille en voiture ?

— Non… dit Chloé. Je veux me promener avec toi dans la rue.

— Mais il y a un bout de chemin !

— Ça ne fait rien, dit Chloé… Quand tu m'as… embrassée, tout à l'heure, ça m'a remise d'aplomb. J'ai envie de marcher un peu.

— Je vais dire à Nicolas de venir nous rechercher en voiture, alors, suggéra Colin.

— Oh ! si tu veux…

Elle avait mis pour se rendre chez le docteur une petite robe bleu tendre, décolletée très bas en pointe et portait un mantelet de larynx, accompagné d'une toque assortie. Des chaussures de serpent teint complétaient l'ensemble.

— Viens, chatte, dit Colin.

— Ce n'est pas du chat, affirma Chloé, c'est du larynx.

— C'est trop dur à prononcer, dit Colin.

Ils sortirent de la chambre et passèrent dans l'entrée. Devant la fenêtre, Chloé s'arrêta.

— Qu'est-ce qu'il y a, ici, il fait moins jour que d'habitude.

— Sûrement pas, dit Colin. Il y a beaucoup de soleil.

— Si, dit Chloé, je me rappelle bien, le soleil venait jusqu'à ce dessin-là du tapis et maintenant, il vient seulement là.

— Ça dépend de l'heure… dit Colin.

— Mais non, ça ne dépend pas de l'heure, puisque c'était la même heure…

— On regardera demain à la même heure, dit Colin.

— Tu vois bien, il venait jusqu'au septième trait. Là il est au cinquième…

— Viens… dit Colin, nous sommes en retard.

Chloé se fit un sourire en passant devant la grande glace du passage dallé. Colin aimait à se promener avec elle. Ce qu'elle avait ne pouvait pas être grave, et dorénavant, ils iraient souvent se promener ensemble. Il ménagerait ses doublezons, il lui en restait suffisamment pour leur faire une vie agréable. Peut-être qu'il travaillerait.

L'acier du pêne cliqueta et la porte se referma. Chloé se tenait à son bras. Elle allait à petits pas légers. Colin en faisait un pour deux des siens.

— Je suis contente, dit Chloé. Il y a du soleil et ça sent bon les arbres.

— Sûr! dit Colin. C'est le printemps.

— Oui? dit Chloé, en lui faisant un œil malicieux.

Ils tournèrent à droite. Il y avait encore deux pâtés de bâtisses à longer avant d'entrer dans le quartier médical. Cent mètres plus loin, ils commencèrent à sentir l'odeur des anesthésiques, qui, les jours de grand vent, parvenait parfois plus loin encore. La structure du trottoir changeait. C'était maintenant un canal large et plat, recouvert de grilles de béton à barreaux étroits et serrés; sous les barreaux coulait de l'alcool mélangé d'éther qui charriait des tampons de coton souillé d'humeurs et de sanies, de sang quelquefois; de longs filaments de sang à demi coagulé teignaient çà et là le flux volatil, et des lambeaux de chair à demi décomposée passaient lentement, tournant sur eux-mêmes comme des icebergs trop fondus. On ne sentait rien que l'odeur de l'éther. Des bandes de gaze et de pansements descendaient aussi le courant, déroulant leurs anneaux endormis. Au droit de chaque maison, un tube de descente se déversait

dans le canal et l'on pouvait déterminer la spé-
cialisation du médecin en observant quelques
instants l'orifice de ces tubes. Un œil roula sur
lui-même, les regarda quelques instants et disparut sous une large nappe de coton rosâtre et
molle comme une méduse malsaine.

— Je n'aime pas ça, dit Chloé. Comme air,
c'est très sain, mais ce n'est pas agréable à regarder.

— Non, dit Colin.

— Viens au milieu de la rue.

— Oui, dit Colin, mais on va se faire écraser.

— J'ai eu tort de refuser la voiture, dit Chloé,
je n'ai plus de jambes.

— Tu as de la chance qu'il habite assez loin du
quartier de la grosse chirurgie, dit Colin.

— Tais-toi, dit Chloé. On y est bientôt ?

Elle se mit soudain à tousser de nouveau et
Colin blêmit.

— Ne tousse pas, Chloé… supplia-t-il.

— Non, mon Colin… dit-elle en se retenant
avec effort.

— Ne tousse pas, on est arrivés… C'est là.

L'enseigne du professeur Mangemanche repré-
sentait une immense mâchoire en train d'en-
gloutir une pelle de terrassier dont, seul, le fer
dépassait. Cela fit rire Chloé, tout doucement,
très bas, parce qu'elle avait peur de tousser

encore. Il y avait, le long des murs, des photographies en couleurs des cures miraculeuses du professeur, éclairées par des lumières, qui, pour l'instant, ne fonctionnaient pas.

— Tu vois, dit Colin, c'est un grand spécialiste. Les autres maisons n'ont pas une si complète décoration.

— Ça prouve seulement qu'il a beaucoup d'argent, dit Chloé.

— Ou que c'est un homme de goût, dit Colin. C'est très artistique.

— Oui, dit Chloé, ça rappelle une boucherie modèle.

Ils entrèrent et se trouvèrent dans un grand vestibule rond entièrement émaillé de blanc. Une infirmière se dirigea vers eux.

— Vous avez rendez-vous ? demanda-t-elle.

— Oui, dit Colin. Nous sommes peut-être un peu en retard.

— Ça n'a pas d'importance, assura l'infirmière, le professeur a fini d'opérer aujourd'hui. Voulez-vous me suivre ?

Ils obéirent, et leurs pas résonnaient sur l'émail du sol avec un son mat et haut. Une série de portes s'ouvraient dans la paroi circulaire, et l'infirmière les conduisit à celle qui portait, en or embouti, la reproduction à l'échelle de l'enseigne géante du dehors. Elle ouvrit la porte et s'effaça devant eux pour les laisser entrer. Ils poussèrent une seconde porte transparente et massive et se trouvèrent dans le bureau du professeur. Ce dernier, debout devant la fenêtre, parfumait sa barbiche avec une brosse à dents trempée dans de l'extrait d'opoponax.

Il se retourna au bruit et s'avança vers Chloé la main tendue.

— Alors?... comment vous sentez-vous aujourd'hui?

— Ces pilules étaient terribles, dit Chloé.

La figure du professeur s'assombrit. Il avait maintenant l'air d'un octavon.

— Ennuyeux... murmura-t-il. Je pensais bien.

Il resta une minute sur place, l'air songeur, puis s'avisa qu'il tenait toujours sa brosse à dents.

— Tenez ça, dit-il à Colin en la lui fourrant dans la main. Asseyez-vous, mon petit, dit-il à Chloé.

Il fit le tour de son bureau et s'assit lui-même.

— Voyez-vous, lui dit-il, vous avez quelque chose au poumon. Quelque chose dans le poumon, plus exactement. J'espérais que ce serait...

Il s'interrompit et se leva d'un coup.

— À rien ne sert de bavarder, dit-il. Venez avec moi. Posez cette brosse où vous voudrez, ajouta-t-il à l'adresse de Colin qui ne savait vraiment quoi en faire.

Colin voulut suivre Chloé et le professeur, mais il dut écarter une sorte de voile invisible et consistant qui venait de s'interposer entre eux. Son cœur éprouvait une angoisse étrange et battait irrégulièrement. Il fit un effort, se ressaisit et serra les poings. Rassemblant toutes ses forces, il réussit à avancer de quelques pas et dès qu'il toucha la main de Chloé, cela disparut. Elle donnait son autre main au professeur et celui-ci la conduisit dans une petite salle blanche au plafond chromé, dont un appareil lisse et trapu occupait un côté entier.

— Je préfère que vous soyez assise, dit le professeur. Cela ne va pas durer longtemps.

Il y avait, en face de la machine, un écran d'argent rouge encadré de cristal et un seul bouton de réglage, en émail noir, saillait sur le socle.

— Vous restez? demanda le professeur à Colin.

— J'aime mieux… dit Colin.

Le professeur tourna le bouton. La lumière s'enfuit de la pièce en un torrent clair qui disparut sous la porte et dans un trou d'aération disposé au-dessus de la machine, et l'écran s'éclaira peu à peu.

XXXIX

Le professeur Mangemanche tapotait le dos de Colin.

— Ne vous en faites pas, mon vieux, lui dit-il. Ça peut s'arranger.

Colin regardait à terre, l'air écrasé. Chloé lui tenait le bras. Elle faisait de gros efforts pour paraître gaie.

— Mais oui, dit-elle, il n'y en a pas pour long-temps.

— Certainement… murmura Colin.

— Enfin, ajouta le professeur, si elle suit mon traitement, elle ira probablement mieux.

— Probablement… dit Colin.

Ils étaient dans le vestibule rond et blanc, et la voix de Colin résonnait contre le plafond comme si elle venait de très loin.

— En tout état de cause, conclut le professeur, je vous enverrai ma note.

— Bien entendu, dit Colin. Je vous remercie de vos soins, docteur.

— Et si ça ne tourne pas mieux, dit le professeur, vous reviendrez me voir. Il y a la solution de l'opération que nous n'avons pas même envisagée.

— Mais oui, dit Chloé en serrant le bras de Colin, et cette fois elle se mit à sangloter.

Le professeur tirait sa barbiche à pleines mains.

— C'est très embêtant… dit-il.

Il y eut un silence. Une infirmière parut à travers la porte transparente et tapa deux petits coups. Un voyant vert « Entrez » s'alluma devant elle, dans l'épaisseur de la porte.

— C'est un monsieur, qui m'a dit de prévenir Monsieur et Madame que Nicolas était là.

— Merci, Carogne[1], répondit le professeur. Disposez ! ajouta-t-il, et l'infirmière s'en fut.

— Eh bien, murmura Colin, nous allons vous dire au revoir, docteur.

— Certainement ! dit le professeur. Au revoir. Soignez-vous. Tâchez de partir…

---

1. Dans *Le Malade imaginaire* de Molière, Argan appelle sa servante-infirmière Toinette de ce nom injurieux.

XL

– Ça ne va pas, dit Nicolas, sans se retourner, avant que la voiture démarre.

Chloé pleurait toujours dans la fourrure blanche et Colin avait l'air d'un homme mort. L'odeur des trottoirs montait de plus en plus, les vapeurs d'éther emplissaient la rue.

– Va… dit Colin.

– Qu'est-ce qu'elle a ? demanda Nicolas.

– Oh, dit Colin, ça ne pouvait pas être pire.

Il se rendit compte de ce qu'il venait de dire et regarda Chloé. Il l'aimait tellement à ce moment qu'il se serait tué pour son imprudence.

Chloé, recroquevillée dans un coin de la voiture, mordait ses poings. Ses cheveux lustrés lui tombaient sur la figure et elle piétinait sa toque de fourrure. Elle pleurait de toutes ses forces, comme un bébé, mais sans bruit.

– Pardonne-moi, ma Chloé, dit Colin. Je suis un monstre.

211

Il se rapprocha d'elle et la prit près de lui. Il embrassait ses pauvres yeux affolés et sentait son cœur battre à coups sourds et lents dans sa poitrine.

— On va te guérir, dit-il. Ce que je voulais dire, c'est qu'il ne pouvait rien arriver de pire que de te voir malade, quelle que soit la maladie.

— J'ai peur… dit Chloé. Il m'opérera sûrement.

— Non, dit Colin. Tu seras guérie avant.

— Qu'est-ce qu'elle a? répéta Nicolas. Je peux faire quelque chose?

Lui aussi avait l'air très malheureux. Son aplomb ordinaire s'était fortement ramolli.

— Ma Chloé… dit Colin. Calme-toi.

— C'est sûr, dit Nicolas. Elle sera guérie très vite.

— Ce nénuphar, dit Colin. Où a-t-elle pu attraper ça?

— Elle a un nénuphar? demanda Nicolas, incrédule.

— Dans le poumon droit, dit Colin. Le professeur croyait au début que c'était simplement quelque chose d'animal. Mais c'est ça. On l'a vu sur l'écran. Il est déjà assez grand, mais enfin, on doit pouvoir en venir à bout.

— Mais oui, dit Nicolas.

– Vous ne pouvez pas savoir ce que c'est, sanglota Chloé. Ça fait tellement mal quand il bouge.

– Ne pleurez pas, dit Nicolas. Ça ne sert à rien et vous allez vous fatiguer.

La voiture démarra. Nicolas la menait lentement à travers les maisons compliquées. Le soleil disparaissait peu à peu derrière les arbres et le vent fraîchissait.

– Le docteur veut qu'elle aille à la montagne, dit Colin. Il prétend que le froid tuera cette saleté.

– C'est sur la route qu'elle a attrapé ça, dit Nicolas. C'était plein d'un tas de dégoûtations du même genre.

– Il dit aussi qu'il faut tout le temps mettre des fleurs autour d'elle, ajouta Colin, pour faire peur à l'autre…

Il ne pouvait se décider à prononcer le nom de la plante exécrable.

– Pourquoi ? demanda Nicolas.

– Parce que s'il fleurit, dit Colin, il y en aura d'autres. Mais, on ne le laissera pas fleurir.

– Et c'est tout comme traitement ? demanda Nicolas.

– Non, dit Colin.

– Qu'est-ce qu'il y a d'autre ?

Colin hésitait à répondre. Il sentait Chloé pleurer contre lui et il haïssait la torture qu'il allait devoir lui infliger.

— Il ne faut pas qu'elle boive… dit-il.

— Quoi ? demanda Nicolas. Rien ?

— Non, dit Colin.

— Pas rien du tout, tout de même ?

— Deux cuillerées par jour… murmura Colin.

— Deux cuillerées… dit Nicolas.

Il n'ajouta rien et fixa la route, droit devant lui.

XLI

Alise sonna deux coups et attendit. La porte d'entrée lui paraissait plus étroite que d'habitude. Le tapis semblait plus terne et aminci. Nicolas vint ouvrir.

– Bonjour… dit-il. Tu viens les voir ?

– Oui, dit Alise. Ils sont là ?

– Oui, dit Nicolas. Viens. Chloé est là.

Il referma la porte. Alise examinait le tapis.

– Il fait moins clair qu'avant, ici, dit-elle. À quoi cela tient-il ?

– Je ne sais pas, dit Nicolas.

– C'est drôle, dit Alise. Il n'y avait pas un tableau, ici ?

– Je ne me rappelle plus, dit Nicolas.

Il passa une main hésitante dans ses cheveux.

– De fait, dit-il, on a l'impression que l'atmosphère n'est plus la même.

– Oui, dit Alise, c'est ça.

Elle avait un tailleur brun bien coupé et un gros bouquet de narcisses à la main.

215

— Toi, dit Nicolas, tu es en forme. Ça va?

— Oui, dit Alise, ça va. Chick m'a offert un tailleur, tu vois…

— Il te va bien, dit Nicolas.

— J'ai de la chance, dit Alise, que la duchesse de Bovouard ait juste les mêmes mesures que moi. Il est d'occasion. Chick voulait un papier qu'il y avait dans une des poches, alors il l'a acheté.

Elle regarda Nicolas et ajouta :

— Tu ne vas pas bien.

— Euh, dit Nicolas, je ne sais pas. J'ai l'impression que je vieillis.

— Montre ton passeport, dit Alise.

Il fouilla dans sa poche revolver.

— Voilà… dit-il.

Alice ouvrit le passeport et pâlit.

— Quel âge avais-tu? demanda-t-elle à voix basse.

— Vingt-neuf ans… dit Nicolas.

— Regarde…

Il compta. Cela faisait trente-cinq.

— Je ne comprends pas… dit-il.

— Ça doit être une erreur, dit Alise. Tu ne parais pas plus de vingt-neuf ans.

— J'avais l'air d'en avoir vingt et un, dit Nicolas.

— Ça s'arrangera sûrement, dit Alise.

— J'aime tes cheveux, dit Nicolas. Viens, viens voir Chloé.

— Qu'est-ce qu'il y a ici, dit Alise, pensive.

— Oh, dit Nicolas, c'est cette maladie, ça nous bouleverse tous. Ça s'arrangera, et je rajeunirai.

Chloé était allongée sur son lit, vêtue d'un pyjama de soie mauve et d'une longue robe de chambre de satin piqué d'un léger beige orange.

Autour d'elle, il y avait beaucoup de fleurs et surtout des orchidées et des roses. Il y avait aussi des hortensias, des œillets, des camélias, de longues branches de fleurs de pêcher, et d'amandier, et des brassées de jasmin. Sa poitrine était découverte et une grosse corolle bleue tranchait sur l'ambre de son sein droit. Ses pommettes étaient un peu roses et ses yeux brillants, mais secs, et ses cheveux légers et électrisés comme des fils de soie.

— Tu vas prendre froid! s'écria Alise. Couvre-toi!

— Non, murmura Chloé, il le faut, c'est le traitement.

— Quelles jolies fleurs! dit Alise. Colin est en train de se ruiner, ajouta-t-elle gaiement, pour faire rire Chloé.

— Oui, murmura Chloé.

Elle eut un pauvre sourire.

— Il cherche du travail, dit-elle à voix basse. C'est pour cela qu'il n'est pas là.

— Pourquoi parles-tu comme ça? demanda Alise.

— J'ai soif… dit Chloé dans un souffle.

— Tu ne prends réellement que deux cuillerées par jour? dit Alise.

— Oui… soupira Chloé.

Alise se pencha vers elle et l'embrassa.

— Tu vas bientôt être guérie.

— Oui, dit Chloé. Je pars demain avec Nicolas et la voiture.

— Et Colin? demanda Alise.

— Il reste, dit Chloé. Il faut qu'il travaille, mon pauvre Colin. Il n'a plus de doublezons.

— Pourquoi? demanda Alise.

— Les fleurs… dit Chloé.

— Est-ce qu'il grandit? murmura Alise.

— Le nénuphar? dit Chloé, tout bas. Non, je crois qu'il va partir…

— Alors, tu es contente?

— Oui, dit Chloé, mais j'ai si soif.

— Pourquoi n'allumes-tu pas? demanda Alise. Il fait très sombre, ici.

— C'est depuis quelque temps, dit Chloé. Il n'y a rien à faire. Essaye.

Alise manœuvra le commutateur et un léger halo se produisit autour de la lampe.

– Les lampes meurent… dit Chloé. Les murs se rétrécissent aussi. Et la fenêtre, ici, aussi.

– C'est vrai ? demanda Alise.

– Regarde…

La grande baie vitrée qui courait sur toute la largeur du mur n'occupait plus que deux rectangles oblongs, arrondis aux extrémités. Une sorte de pédoncule s'était formé au milieu de la baie, reliant les deux bords, et barrant la route au soleil. Le plafond avait baissé notablement et la plate-forme où reposait le lit de Colin et Chloé n'était plus très loin du plancher.

– Comment est-ce que cela peut se faire ? demanda Alise.

– Je ne sais pas… dit Chloé. Tiens, voilà un peu de lumière.

La souris à moustaches noires venait d'entrer, portant un petit fragment d'un des carreaux du couloir de la cuisine, qui répandait une vive lueur.

– Sitôt qu'il fait trop noir, expliqua Chloé, elle m'en apporte un peu.

Elle caressa la petite bête qui déposa son butin sur la table de chevet.

– Tu es gentille d'être venue me voir, tout de même, dit Chloé.

– Oh, dit Alise, tu sais, je t'aime bien.

– Je sais, dit Chloé. Et Chick ?

219

— Oh, ça va, dit Alise. Il m'a acheté un tailleur.

— Il est joli, dit Chloé. Il te va bien.

Elle s'arrêta de parler.

— Tu as mal, ma pauvre, dit Alise.

Elle se pencha et caressa la joue de Chloé.

— Oui… gémit Chloé. J'ai si soif.

— Je comprends, dit Alise. Si je t'embrassais, tu aurais moins soif.

— Oui, dit Chloé.

Alise se pencha vers elle.

— Oh! soupira Chloé, comme tu as les lèvres fraîches…

Alise sourit. Ses yeux étaient humides.

— Où pars-tu? demanda-t-elle.

— Pas loin, dit Chloé. Dans la montagne.

Elle se tourna sur le côté gauche.

— Tu l'aimes bien, Chick?

— Oui, dit Alise. Mais lui aime mieux ses livres.

— Je ne sais pas, dit Chloé. C'est peut-être vrai. Si je n'avais pas épousé Colin, j'aimerais tellement que ce soit toi qui vives avec lui.

Alise l'embrassa de nouveau.

XLII

Chick sortit de la boutique. Il n'y avait rien d'intéressant pour lui là-dedans. Il marchait en regardant ses pieds chaussés de cuir brun-rouge et s'étonna de voir que l'un cherchait à l'entraîner d'un côté, et l'autre dans une direction très opposée. Il réfléchit quelques instants, construisit mentalement la bissectrice de l'angle et s'élança le long de cette ligne. Il faillit se faire écraser par un gros taxi obèse et ne dut son salut qu'au bond gracieux qui le projeta sur les pieds d'un passant, lequel jura et entra à l'hôpital se faire soigner.

Chick reprit son chemin, droit devant lui il y avait une librairie, c'était la rue Jimmy-Noone et l'enseigne était peinte à l'imitation du Mahogany Hall de Lulu White[1]. Il poussa la porte. Elle lui

---

1. Jimmie Noone (1895-1944), excellent clarinettiste ; vétéran du style New Orleans, puis clarinettiste du Creole Jazz Band de King Oliver, à Chicago (1920).
   Le Mahogany Hall fut un bordel somptueux de Storyville, le quartier chaud de New Orleans, au bon temps des débuts du jazz ;

rendit brutalement sa poussée et il entra par la vitrine, sans insister.

Le libraire fumait le calumet de paix, assis sur les œuvres complètes de Jules Romains[1] qui les conçut pour cet usage. Il avait un très joli calumet de paix en terre de bruyère, qu'il bourrait de feuilles d'olivier. Il avait aussi à côté de lui une cuvette pour rendre son goujon, et une serviette humide pour se rafraîchir les tempes, et un flacon d'alcool de menthe de Ricqlès pour corser l'effet du calumet.

Il leva vers Chick un regard désincarné et malodorant.

— Que vous voulez? demanda-t-il.

— Voir vos livres… répondit Chick.

— Voyez! dit l'homme, et il se pencha sur sa cuvette, mais ce n'était qu'une fausse alerte.

Chick s'avança vers le fond de la boutique. Il y régnait une atmosphère propice à la découverte. Quelques insectes craquèrent sous ses pas. Cela

---

Lulu White fut la plus célèbre et pittoresque des « Madames », qui portaient robes du soir, perruque rousse, diamants et émeraudes.

Louis Armstrong a enregistré un *Mahogany Hall Stomp* (1933).

1. Pseudonyme de Louis Farigoule (1885-1972), écrivain particulièrement célèbre par les vingt-sept volumes des *Hommes de bonne volonté*, d'où ce calumet en relation avec le fameux « Paix aux hommes de bonne volonté! ».

sentait le vieux cuir et la fumée des feuilles d'olivier, qui est une odeur plutôt abominable.

Les livres étaient classés par ordre alphabétique, mais le marchand ne savait pas bien l'alphabet, et Chick trouva le coin de Partre entre le T et le B. Il s'arma de sa loupe et se mit à examiner les reliures. Il eut tôt fait de repérer sur un exemplaire de *La Lettre et le Néon*, l'étude critique célèbre sur les enseignes lumineuses, une empreinte digitale intéressante. Fébrilement, il tira de sa poche une petite boîte qui contenait, outre un pinceau à poils doux, de la poudre à composter et un *Aide-Mémoire du Flique modèle*, par le chanoine Vouille. Il opéra soigneusement, comparant avec une fiche qu'il tira de son portefeuille, et s'arrêta, haletant. C'était l'empreinte de l'index gauche de Partre, que jusque-là personne n'avait pu repérer ailleurs que sur ses vieilles pipes.

Serrant sur son cœur la précieuse trouvaille, il revint vers le libraire.

— Combien, celui-là ?

Le libraire regarda le livre et ricana.

— Ha, vous l'avez trouvé…

— Qu'a-t-il d'extraordinaire ? demanda Chick, faussement étonné.

— Bouh !… s'esclaffa le libraire en lâchant sa pipe, qui tomba dans la cuvette et s'éteignit.

223

Il dit un gros juron, et se frotta les mains, satisfait de ne plus avoir à tirer sur cette infâme cochonnerie.

— Je vous le demande?... insista Chick.

Son cœur commençait à le lâcher et sonnait des grands coups sur ses côtes, irrégulièrement, avec sauvagerie.

— Oh! là là!... dit le libraire, qui étouffait et se roulait par terre, vous êtes un rigolo!...

— Écoutez, dit Chick décontenancé, expliquez-vous.

— Quand je pense! dit le libraire, que pour avoir cette empreinte, j'ai dû lui offrir plusieurs fois mon calumet de paix, et apprendre la prestidigitation pour le remplacer, au dernier moment, par le livre!...

— Passons, dit Chick. Puisque vous le savez, c'est combien?

— C'est pas cher, dit le libraire, mais j'ai mieux. Attendez-moi.

Il se leva, disparut derrière une demi-cloison qui coupait en deux la boutique, fouilla dans quelque chose et revint aussitôt.

— Voilà, dit-il en lançant un pantalon sur le comptoir.

— Qu'est-ce que c'est?... murmura Chick avec anxiété.

Une délicieuse excitation s'emparait de lui.

– Un pantalon à Partre!… annonça fièrement le libraire.

– Comment avez-vous fait? dit Chick, en extase.

– Profité d'une conférence! expliqua le libraire. S'en est même pas aperçu. Y a des brûlures de pipe, vous savez.

– J'achète… dit Chick.

– Quoi? demanda le marchand. Parce que j'ai encore autre chose.

Chick porta la main à sa poitrine. Il ne réussit pas à contenir les battements de son cœur et le laissa s'emballer un peu.

– Voilà… dit le marchand de nouveau.

C'était une pipe sur le tuyau de laquelle Chick reconnut aisément la marque des dents de Partre.

– Combien?… dit Chick.

– Vous savez, dit le libraire, qu'en ce moment, il prépare une encyclopédie de la nausée en vingt volumes, avec des photos, et j'aurai des manuscrits…

– Mais je ne pourrai jamais… dit Chick, atterré.

– Qu'est-ce que vous voulez que ça me foute? demanda le libraire.

– Combien, pour ces trois choses-là? demanda Chick.

225

– Mille doublezons… dit le marchand. C'est mon dernier prix. J'en ai refusé douze cents hier, et c'est parce que vous avez l'air soigneux.

Chick tira son portefeuille. Il était horriblement pâle.

XLIII

— Tu vois, dit Colin, on ne met plus de nappe.

— Ça ne fait rien, dit Chick. Pourtant, je ne comprends pas pourquoi le bois est gras comme ça.

— Je ne sais pas, dit Colin distraitement. Je crois qu'on ne peut plus la nettoyer. Ça revient tout le temps de l'intérieur.

— Est-ce que le tapis n'était pas en laine, avant? demanda Chick. Celui-là a l'air en coton.

— C'est le même… dit Colin. Non, je ne crois pas qu'il soit différent.

— C'est drôle, dit Chick. On a l'impression que le monde s'étrique autour de soi.

Nicolas apportait une soupe onctueuse où nageaient des croûtons. Il leur servit de grandes assiettées.

— Qu'est-ce que c'est, ça, Nicolas, demanda Chick.

227

— Une soupe au Kub et à la farine de panouilles, répondit Nicolas. C'est super.

— Ah! dit Chick. Vous avez trouvé ça dans Gouffé.

— Pensez-vous! dit Nicolas. C'est une recette à de Pomiane[1]. Gouffé, c'est bon pour les snobards. Et puis il faut un tel matériel, pour ça.

— Mais vous avez ce qu'il faut, dit Chick.

— Quoi? dit Nicolas. Il y a juste le gaz et un frigiploque, comme partout. Qu'est-ce que vous imaginez.

— Oh!... rien... dit Chick.

Il remua sur sa chaise. Il ne savait comment continuer la conversation.

— Tu veux du vin? demanda Colin. Je n'ai plus que celui-là, dans ma cave. Il n'est pas mauvais.

Chick tendit son verre.

— Alise est venue voir Chloé il y a trois jours, dit Colin. Je n'ai pas pu la voir. Et avant-hier Nicolas a emmené Chloé à la montagne.

— Oui, dit Chick. Alise me l'avait dit.

— J'ai reçu une lettre du professeur Mangemanche, dit Colin. Il me demandait beaucoup d'argent. Je crois que c'est un homme capable.

1. Gastronome et critique de cuisine (1875-1964).

Colin avait mal à la tête. Il aurait voulu que Chick parle, raconte des histoires, n'importe quoi. Chick fixait quelque chose dans le vague, à travers la fenêtre. Soudain, il se leva et tirant un mètre de sa poche, il alla mesurer le châssis.

— J'ai l'impression que ça change, dit-il.

— Comment ça? demanda Colin avec détachement.

— Ça rétrécit, dit Chick. Et la pièce aussi…

— Comment veux-tu? demanda Colin. Ça n'a pas le sens commun.

Chick ne répondit pas. Il prit son carnet et son crayon et nota des chiffres.

— As-tu trouvé du travail? demanda-t-il.

— Non… dit Colin. J'ai un rendez-vous tantôt et un demain.

— Quel genre de travail cherches-tu? demanda Chick.

— Oh, n'importe quel, dit Colin. Pourvu qu'ils me donnent de l'argent. Les fleurs coûtent très très cher.

— Oui, dit Chick.

— Et ton travail à toi, dit Colin.

— Je me faisais remplacer par un type, dit Chick, parce que j'avais beaucoup de choses à faire…

— Ils avaient accepté? demanda Colin.

— Oui, cela allait, il était bien au courant.

— Alors? demanda Colin.

— Quand j'ai voulu rentrer, expliqua Chick, ils m'ont dit que l'autre faisait très bien l'affaire mais que si je voulais un nouveau poste, ils en avaient un à m'offrir. Seulement, c'était moins payé.

— Ton oncle ne peut plus te donner d'argent, dit Colin.

Il ne posait même pas la question. Cela lui paraissait évident.

— Je ne pourrai pas lui en demander, dit Chick. Il est mort.

— Tu ne me l'avais pas dit…

— Ce n'était pas intéressant, murmura Chick.

Nicolas revint avec une poêle graisseuse dans laquelle se débattaient trois saucisses noires.

— Mangez-les comme ça, dit-il, je ne peux pas en venir à bout. Elles sont résistantes à un point extraordinaire. J'ai mis de l'acide nitrique, c'est pour ça qu'elles sont noires, mais ça n'a pas suffi.

Colin réussit à piquer une des saucisses avec sa fourchette et elle se tordit dans un dernier spasme.

— J'en ai une, dit-il. À toi, Chick.

— J'essaye, dit Chick, mais c'est dur.

Il envoya un grand jet de graisse sur la table.

— Zut! dit-il.

— Ça ne fait rien, dit Nicolas. C'est bon pour le bois.

Chick parvint à se servir et Nicolas remmena la troisième saucisse.

— Je ne sais pas ce qu'il y a, dit Chick, est-ce que c'était comme ici avant?

— Non, avoua Colin. Ça change partout. Je ne peux rien y faire. C'est comme la lèpre. C'est depuis que je n'ai plus de doublezons.

— Tu n'en as plus du tout? demanda Chick.

— À peine… répondit Colin. J'ai payé d'avance pour la montagne et pour les fleurs, parce que je ne veux rien ménager pour tirer Chloé de là. Mais à part ça, les choses vont mal d'elles-mêmes.

Chick avait fini sa saucisse.

— Viens voir le couloir de la cuisine, dit Colin.

— Je te suis, dit Chick.

À travers les vitres, de chaque côté, on distinguait un soleil terne, blafard, semé de grandes taches noires, un peu plus lumineux en son centre. Quelques maigres faisceaux de rayons réussissaient à pénétrer dans le couloir mais au contact des carreaux de céramique, autrefois si brillants, ils se fluidifiaient et ruisselaient en longues traces humides. Une odeur de cave

231

émanait des murs. La souris grise à moustaches noires, dans un coin, s'était fait un nid surélevé, elle ne pouvait plus jouer sur le sol avec les rayons d'or comme avant. Elle était blottie dans un amas de menus morceaux de tissu et frissonnait, ses longues moustaches engluées par l'humidité. Elle avait, pendant un temps, réussi à gratter un peu les carreaux pour qu'ils brillent de nouveau, mais la tâche était trop immense pour ses petites pattes et elle restait désormais dans son coin, tremblante et sans forces.

— Ça ne chauffe pas, les radiateurs ? demanda Chick en remontant son col de veste.

— Si, dit Colin, ça chauffe toute la journée, mais il n'y a rien à faire. C'est ici que ça a commencé.

— C'est la barbe, dit Chick. Il faudrait faire venir l'architecte.

— Il est venu, dit Colin. Et depuis, il est malade.

— Oh, dit Chick, ça s'arrangera, probablement.

— Je ne crois pas, dit Colin. Viens, on va aller finir de déjeuner avec Nicolas.

Ils entrèrent dans la cuisine. Là aussi, la pièce avait rétréci. Nicolas, assis devant une table laquée de blanc, mangeait distraitement en lisant un livre.

— Écoute, Nicolas, dit Colin.

— Oui, dit Nicolas. J'allais vous apporter le dessert.

— C'est pas ça, dit Colin, on va le manger ici. C'est autre chose. Nicolas, tu ne veux pas que je te mette à la porte ?

— J'ai pas envie, dit Nicolas.

— Il faut, dit Colin. Ici, tu baisses. Tu as vieilli de dix ans depuis huit jours.

— De sept ans, rectifia Nicolas.

— Je ne veux pas te voir comme ça. Tu n'y es pour rien, c'est l'atmosphère…

— Mais toi, dit Nicolas, ça ne te fait rien ?

— C'est pas pareil, dit Colin. Moi, il faut que je guérisse Chloé, et tout le reste m'est égal, alors ça ne prend pas sur moi. Ton club, comment ça va ?

— J'y vais plus guère… dit Nicolas.

— Je ne veux plus de ça, répéta Colin. Les Ponteauzanne cherchent un cuisinier, j'ai signé pour toi. Je voulais que tu me dises si tu es d'accord.

— Non, dit Nicolas.

— Eh bien, dit Colin, tu iras quand même.

— C'est dégueulasse de ta part, dit Nicolas. J'ai l'air de foutre le camp comme un rat.

— Non, dit Colin, il faut. Tu sais bien comme ça me fait de la peine.

233

— Je sais bien, dit Nicolas, et il ferma son livre et mit la tête sur ses bras.

— Tu n'as pas de raisons d'être fâché, dit Colin.

— Je ne suis pas fâché, grogna Nicolas.

Il releva la tête. Il pleurait silencieusement.

— Je suis idiot, dit-il.

— Tu es un chic type, Nicolas, dit Colin.

— Non, dit Nicolas. Je voudrais me retirer dans un coing. À cause de l'odeur, et puis parce que j'y serais tranquille.

XLIV

Colin monta l'escalier vaguement éclairé par des vitraux immobiles et se trouva au premier étage. Devant lui, une porte noire tranchait sur la pierre froide du mur. Il entra sans sonner, remplit une fiche et la remit à l'huissier qui la vida, en fit une petite boule, l'introduisit dans le canon d'un pistolet tout préparé et visa soigneusement un guichet pratiqué dans la cloison voisine. Il pressa la gâchette en se bouchant l'oreille droite avec la main gauche et le coup partit. Il se remit, posément, à charger son pistolet pour un nouveau visiteur.

Colin resta debout jusqu'à ce qu'une sonnerie ordonnât à l'huissier de l'introduire dans le bureau du directeur.

Il suivit l'homme dans un long passage aux virages relevés. Les murs, dans les virages, restaient perpendiculaires au sol et s'inclinaient par conséquent de l'angle complémentaire, et il devait aller très vite pour garder son équilibre.

235

Avant de se rendre compte de ce qui lui arrivait, il se trouva devant le directeur. Il s'assit, obéissant, dans un fauteuil rétif qui se cabra sous son poids et ne s'arrêta que sur un geste impératif de son maître.

— Alors ? dit le directeur.

— Eh bien, voilà… dit Colin.

— Que savez-vous faire ? demanda le directeur.

— J'ai appris les rudiments… dit Colin.

— Je veux dire, dit le directeur, à quoi passez-vous votre temps ?

— Le plus clair de mon temps, dit Colin, je le passe à l'obscurcir.

— Pourquoi ? demanda, plus bas, le directeur.

— Parce que la lumière me gêne… dit Colin.

— Ah… Hum… marmonna le directeur. Vous savez pour quel emploi on demande quelqu'un ici ?

— Non… dit Colin.

— Moi non plus… dit le directeur. Il faut que je demande à mon sous-directeur. Mais vous ne paraissez pas pouvoir remplir l'emploi.

— Pourquoi ? demanda Colin à son tour.

— Je ne sais pas… dit le directeur.

Il avait l'air inquiet et recula un peu son fauteuil.

— N'approchez pas… dit-il rapidement.

– Mais je n'ai pas bougé… dit Colin.

– Oui… oui… marmotta le directeur, on dit ça, et puis…

Il se pencha, méfiant, vers son bureau, sans quitter Colin des yeux, et décrocha son téléphone qu'il agita vigoureusement.

– Allô!… cria-t-il. Ici, tout de suite…

Il remit le récepteur en place et continua de considérer Colin avec un regard soupçonneux.

– Quel âge avez-vous?… demanda-t-il.

– Vingt et un… dit Colin.

– C'est ce que je pensais… murmura son vis-à-vis.

On frappa à la porte.

– Entrez!… cria le directeur, et sa figure se détendit.

Un homme miné par l'absorption continuelle de poussière de papier, et dont on devinait les bronchioles remplies, jusqu'à l'orifice, de pâte cellulosique reconstituée, entra dans le bureau. Il portait un dossier sous le bras.

– Vous avez cassé une chaise… dit le directeur.

– Oui, dit le sous-directeur.

Il posa le dossier sur la table.

– On peut la réparer, vous voyez.

Il se tourna vers Colin.

– Vous savez réparer les chaises?…

— Je pense… dit Colin, désorienté. Est-ce très difficile?

— J'ai usé, assura le sous-directeur, jusqu'à trois pots de colle de bureau sans y parvenir.

— Vous les paierez! dit le directeur. Je les retiendrai sur vos appointements.

— Je les ai fait retenir sur ceux de ma secrétaire, dit le sous-directeur, ne vous inquiétez pas, patron.

— Est-ce, demanda timidement Colin, pour réparer les chaises que vous cherchiez quelqu'un?

— Sûrement! dit le directeur.

— Je ne me rappelle plus bien, dit le sous-directeur, mais vous ne *pouvez* pas réparer une chaise…

— Pourquoi? dit Colin.

— Simplement parce que vous ne pouvez pas, dit le sous-directeur.

— Je me demande à quoi vous l'avez vu! dit le directeur.

— En particulier, dit le sous-directeur, parce que ces chaises sont irréparables, et en général parce qu'il ne me donne pas l'impression de pouvoir réparer une chaise.

— Mais qu'est-ce qu'une chaise a à faire avec un emploi de bureau? demanda Colin.

– Vous vous asseyez par terre, peut-être, pour travailler, ricana le directeur.

– Mais vous ne devez pas travailler souvent, alors, renchérit le sous-directeur.

– Je vais vous dire, dit le directeur, vous êtes un fainéant.

– Voilà !... un fainéant !... approuva le sous-directeur.

– Nous, conclut le directeur, ne pouvons en aucun cas engager un fainéant.

– Surtout quand nous n'avons pas de travail à lui donner, dit le sous-directeur.

– C'est absolument illogique... dit Colin, abasourdi par leurs voix de bureau.

– Pourquoi, illogique, hein ? demanda le directeur.

– Parce que ce qu'il faut donner à un fainéant, dit Colin, c'est justement pas de travail.

– C'est ça, dit le sous-directeur, alors vous voulez remplacer le directeur.

Ce dernier éclata de rire à cette idée.

– Il est extraordinaire... dit-il.

Son visage se rembrunit et il recula encore son fauteuil.

– Emmenez-le... dit-il au sous-directeur... je vois bien pourquoi il est venu... allez, vite... Déguerpis, clampin ! hurla-t-il.

Le sous-directeur se précipita vers Colin, mais celui-ci avait saisi le dossier oublié sur la table :

– Si vous me touchez, dit-il.

Il recula peu à peu vers la porte.

– Va-t'en! criait le directeur. Suppôt de Satin[1]...

– Vous êtes un vieux con, dit Colin, et il tourna la poignée de la porte.

Il lança son dossier vers le bureau et se précipita dans le couloir. Quand il arriva dans l'entrée, l'huissier lui tira un coup de pistolet et la balle de papier fit un trou en forme de tête de mort dans le battant qui venait de se refermer.

---

1. Moquerie envers le drame de Paul Claudel, *Le Soulier de satin*, joué en 1943; titre croisé avec l'injure « suppôt de Satan » pour qualifier un agent diabolique.

XLV

– Je reconnais que c'est une belle pièce, dit l'antiquaire en tournant autour du pianocktail de Colin.

– C'est de l'érable mouché, dit Colin.

– Je vois, dit l'antiquaire. Je suppose qu'il marche bien.

– J'essaye de vendre ce que j'ai de mieux, dit Colin.

– Ça doit vous faire de la peine, dit l'antiquaire en se penchant pour examiner un petit dessin du bois.

Il souffla sur quelques grains de poussière qui ternissaient l'éclat du meuble.

– Vous ne préféreriez pas gagner de l'argent par votre travail et pouvoir le conserver ?

Colin se rappela le bureau du directeur et le coup de pistolet de l'huissier, et il dit non.

– Vous y viendrez tout de même, dit l'antiquaire, quand vous n'aurez plus rien à vendre.

– Si mes frais s'arrêtaient d'augmenter, dit Colin, et il se reprit : si mes frais cessaient de croître, j'aurais assez, en vendant mes choses, pour vivre sans travailler. Vivre pas très bien, mais vivre.

— Vous n'aimez pas le travail? dit l'antiquitaire.

— C'est horrible, dit Colin. Ça rabaisse l'homme au rang de la machine.

— Et vos frais ne cessent pas de croître? demanda l'antiquitaire.

— Les fleurs coûtent très cher, dit Colin, et la vie à la montagne aussi.

— Mais, si elle guérissait? dit l'antiquitaire.

— Oh! dit Colin.

Il eut un sourire heureux.

— Ce serait si merveilleux!… murmura-t-il.

— Ce n'est pas entièrement impossible, tout de même, dit l'antiquitaire.

— Non! Bien sûr!… dit Colin.

— Mais il faut du temps… dit l'antiquitaire.

— Oui, dit Colin, et le soleil s'en va.

— Cela peut revenir, dit l'antiquitaire, encourageant.

— Je ne crois pas, dit Colin. Ça se passe en profondeur.

Il y eut un silence.

— Est-ce qu'il est garni? demanda l'antiquitaire en désignant le pianocktail.

– Oui, dit Colin. Tous les réceptacles sont pleins.

– Je joue assez bien du piano, on pourrait l'essayer.

– Si vous voulez, dit Colin.

– Je vais chercher un siège…

Ils étaient au milieu de la boutique où Colin avait fait transporter son pianocktail. De tous côtés, il y avait des piles d'étranges vieux objets en forme de fauteuils, de chaises, de consoles ou d'autres meubles. Il ne faisait pas très clair et ça sentait la cire des Indes et le vibrion bleu. L'antiquitaire se munit d'un tabouret de bois de fer étamé et se mit en place. Il avait retiré le bec-de-cane de la porte qui de ce fait se trouvait muette et ne les dérangerait pas.

– Vous connaissez du Duke Ellington?… dit Colin.

– Oui, dit l'antiquitaire. Je vais vous jouer le *Blues du Vagabond*[1].

– Je le règle à combien? dit Colin. Vous prenez trois chorus?

– Oui, dit l'antiquitaire.

– Bon! dit Colin. Ça fera un demi-litre en tout. Ça va?

1. Enregistré par Duke Ellington, en 1929, avec ses grandes vedettes, Bigard et Hodges, etc.

243

– Parfait, répondit le marchand, qui commença à jouer.

Il avait un toucher d'une extrême sensibilité et les notes s'envolaient, aussi aériennes que les perles de clarinette de Barney Bigard[1] dans la version de Duke.

Colin s'était assis par terre pour écouter, adossé au pianocktail, et il pleurait de grosses larmes elliptiques et souples qui roulaient sur ses vêtements et filaient dans la poussière. La musique passait à travers lui et ressortait filtrée, et l'air qui ressortait de lui ressemblait beaucoup plus à *Chloé* qu'au *Blues du Vagabond*. Le marchand d'antiquités fredonnait un contre-chant d'une simplicité pastorale et balançait sa tête de côté comme un serpent à sonnettes. Il joua les trois choruses et s'arrêta. Colin, heureux jusqu'au fond de l'âme, restait assis là et c'était comme quand Chloé n'était pas malade.

– Comment fait-on, maintenant? demanda l'antiquitaire.

Colin se leva et ouvrit le petit panneau mobile en faisant la manœuvre, et ils prirent les deux verres remplis d'un liquide avec des irisations d'arc-en-ciel. L'antiquitaire but le premier en clappant sa langue.

1. Barney Bigard (1906-1980), clarinettiste des années quarante qui se surpassait avec Duke Ellington.

— C'est exactement le goût du blues, dit-il.
De ce blues-là même. C'est fort, votre invention, vous savez.

— Oui, dit Colin, ça marchait très bien.

— Vous savez, dit l'antiquaire, je vais sûrement vous en donner un bon prix.

— J'en serai très content, dit Colin. Tout marche mal pour moi, maintenant.

— C'est comme ça, dit l'antiquaire. Ça ne peut pas toujours aller bien.

— Mais ça pourrait ne pas aller toujours mal, dit Colin. On se rappelle beaucoup mieux les bons moments, alors à quoi servent les mauvais?

— Si je jouais *Misty Mornin'*? proposa l'antiquaire. Est-ce que c'est bon?

— Oui, dit Colin, ça rend formidablement, ça donne un cocktail gris perle et vert menthe, avec un goût de poivre et de fumée.

L'antiquaire se remit au piano et joua *Misty Mornin'*, ils le burent, puis il joua encore *Blue Bubbles*[1] et s'arrêta car il commençait à jouer deux notes à la fois, et Colin à entendre quatre airs différents d'un coup. Colin ferma le couvercle du piano avec précaution.

---

1. *Misty Mornin'*: de A. Whetsol et Duke Ellington, enregistré à New York, en 1928, par « Duke Ellington and his Cotton Club Orchestra ».
Blue Bubbles: enregistré par Duke Ellington en 1927.

245

— Alors, dit l'antiquitaire, on parle affaires, maintenant.

— Voui… dit Colin.

— Votre pianocktail est un truc fantastique, dit l'antiquitaire. Je vous en offre trois mille doublezons.

— Non, dit Colin, c'est trop.

— J'insiste… dit l'antiquitaire.

— Mais c'est idiot, dit Colin. Je ne veux pas. Deux mille, si vous voulez.

— Non, dit l'antiquitaire, remportez-le, je refuse.

— Je ne peux pas vous le vendre trois mille, dit Colin. C'est un vol.

— Mais non!… insista l'antiquitaire. Je peux le revendre quatre mille la minute d'après.

— Vous savez bien que vous le garderez, dit Colin.

— Évidemment, dit l'antiquitaire. Écoutez, coupons la poire en deux. Deux mille cinq cents doublezons.

— Allons, dit Colin, d'accord. Mais qu'est-ce qu'on va faire des deux moitiés de cette sacrée poire?

— Voilà… dit l'antiquitaire.

Colin prit l'argent et le mit soigneusement dans son portefeuille. Il titubait un peu.

— Je tiens pas bien, dit-il.

– Naturellement, dit l'antiquitaire, vous viendrez écouter un coup avec moi de temps en temps.

– Promis! dit Colin. Maintenant, faut que je m'en aille. Nicolas va m'engueuler.

– Je vous raccompagne un bout, dit l'antiquitaire. J'ai une course à faire.

– C'est aimable à vous! dit Colin.

Ils sortirent. Le ciel bleu-vert pendait presque jusqu'au pavé et de grandes taches blanches marquaient sur le sol la place où des nuages venaient de se fracasser.

– Il y a eu de l'orage! dit l'antiquitaire.

Ils firent quelques mètres ensemble et le compagnon de Colin s'arrêta devant un bazar.

– Attendez-moi une minute! dit-il. Je reviens.

Il entra. À travers la vitre, Colin le vit choisir un objet qu'il regarda attentivement par transparence et enfouit dans sa poche.

– Voilà… dit-il en refermant la porte.

– C'était quoi? demanda Colin.

– Un niveau d'eau, répondit l'antiquitaire. J'ai l'intention de me jouer tout mon répertoire sitôt que je vous aurai raccompagné, et j'ai à marcher par la suite.

XLVI

Nicolas regardait son four. Il était assis devant, avec un ringard et une lampe à souder, et il vérifiait l'intérieur. Le four s'avachissait un peu sur le dessus et les tôles mollissaient, prenant la consistance de tranches de gruyère minces. Il entendit les pas de Colin dans le couloir et se redressa sur son siège. Il se sentait fatigué. Colin poussa la porte et entra. Il avait l'air content.

— Alors ? demanda Nicolas. Ça a été ?

— Je l'ai vendu, dit Colin. Deux mille cinq cents.

— Doublezons ? dit Nicolas.

— Oui ! dit Colin.

— Inespéré !…

— Je ne m'y attendais pas non plus. Tu regardais ton four ?

— Oui, dit Nicolas, il est en train de se transformer en marmite à charbon de bois, et je me demande foutre comment ça se fait.

— C'est très bizarre, dit Colin, mais ça ne l'est pas plus que le reste. Tu as vu le couloir ?

— Oui, dit Nicolas. Ça devient du sapin.

— Je voulais te dire, dit Colin, que je ne veux plus que tu restes ici.

— Il y a une lettre, dit Nicolas.

— De Chloé ?

— Oui, dit Nicolas. Sur la table.

En décachetant la lettre, Colin entendait la douce voix de Chloé et il n'eut qu'à écouter pour la lire ; il y avait dedans :

« Mon Colin chéri,

Je vais bien, il fait beau, le seul ennui, c'est les taupes de neige, c'est des bêtes qui rampent entre la neige et la terre, elles ont de la fourrure orange et crient fort le soir, elles font des gros monticules de neige et on tombe dessus. Il y a plein de soleil et je vais revenir bientôt. »

— C'est des bonnes nouvelles, dit Colin. Alors tu vas aller chez les Ponteauzanne.

— Non, dit Nicolas.

— Si, dit Colin. Ils ont besoin d'un cuisinier et moi je ne veux pas que tu restes ici, tu vieillis trop, et je t'ai dit que j'ai signé pour toi.

— Et la souris, dit Nicolas, qui lui donnera à manger ?

— Je m'en occuperai, dit Colin.

249

— C'est pas possible, dit Nicolas. Et puis je ne suis plus dans le coup.

— Mais si, dit Colin. C'est l'atmosphère d'ici qui t'écrase. Aucun de vous ne peut tenir.

— Tu dis toujours ça, dit Nicolas, et ça n'explique rien.

— Enfin, dit Colin, là n'est pas la question.

Nicolas se leva et s'étira. Il avait l'air triste.

— Tu ne fais plus rien d'après Gouffé, dit Colin. Tu négliges ta cuisine. Tu te laisses aller.

— Mais non, protesta Nicolas.

— Laisse-moi continuer, dit Colin. Tu ne t'habilles plus le dimanche, et tu ne te rases plus tous les matins.

— C'est pas un crime… dit Nicolas.

— C'est un crime, dit Colin. Je ne peux pas te payer à ta valeur, mais actuellement, ta valeur baisse et c'est un peu de ma faute.

— C'est pas vrai, dit Nicolas. C'est pas de ta faute si tu es embêté.

— Si, dit Colin, c'est parce que je me suis marié, et parce que…

— C'est idiot, dit Nicolas. Qui est-ce qui fera la cuisine ?

— Moi, dit Colin.

— Mais tu vas travailler. Tu n'auras pas le temps.

— Non, je ne travaillerai pas. J'ai tout de même vendu mon pianocktail pour deux mille cinq cents doublezons.

— Oui, dit Nicolas, tu es bien avancé, avec ça.

— Tu vas aller chez les Ponteauzanne, dit Colin.

— Oh, dit Nicolas, tu m'embêtes. J'irai. Mais c'est pas chic de ta part.

— Tu reprendras tes bonnes manières.

— Tu as assez protesté contre mes bonnes manières…

— Oui, dit Colin, parce qu'avec moi, c'était pas la peine.

— Tu m'embêtes, dit Nicolas. Tu m'embêtes et tu m'embêtes.

XLVII

Colin entendit frapper à la porte de l'entrée et se hâta. Une de ses pantoufles avait un gros trou et il dissimula son pied sous le tapis.

— C'est haut, chez vous, dit Mangemanche en entrant.

Il émettait un souffle compact.

— Bonjour, docteur, dit Colin en rougissant, parce qu'il était obligé de montrer son pied.

— Vous avez changé d'appartement, dit le professeur. C'était moins loin, avant.

— Mais non, dit Colin. C'est le même.

— Mais non, dit le professeur. Quand vous faites une plaisanterie, vous avez intérêt à avoir l'air plus sérieux et à trouver des réponses plus spirituelles.

— Oui? dit Colin… Certainement.

— Comment ça va, la malade? dit le professeur.

— C'est mieux, dit Colin. Elle a meilleure mine et elle n'a plus mal.

— Hum… dit le professeur. C'est louche.

Il passa, suivi de Colin, dans la chambre de Chloé et baissa la tête pour ne pas se heurter au chambranle, mais celui-ci s'infléchit au même moment et le professeur émit un gros juron. Chloé, dans son lit, riait en voyant l'entrée du professeur.

La chambre était parvenue à des dimensions assez réduites. Le tapis, contrairement à celui des autres pièces, avait épaissi et le lit reposait maintenant dans une petite alcôve avec des rideaux de satin. La grande baie était complètement divisée en quatre petites fenêtres carrées par les pédoncules de pierre qui avaient fini de pousser. Il y régnait une lumière un peu grise, mais propre. Il faisait chaud.

— Vous me direz encore que vous n'avez pas changé d'appartement, hein, dit Mangemanche.

— Je vous jure, docteur… commença Colin.

Il s'arrêta car le professeur le regardait d'un air inquiet et soupçonneux.

— Je plaisantais… termina-t-il en riant.

Mangemanche s'approcha du lit.

— Alors, dit-il, découvrez-vous, je vais vous ausculter.

Chloé entrouvrit son mantelet de duvet.

— Ah!… dit Mangemanche, ils vous ont opérée, là-bas.

253

— Oui… répondit Chloé.

Elle avait sous le sein droit une petite cicatrice parfaitement ronde.

— Ils l'ont retiré par là quand il est mort, dit le professeur. Était-il grand ?

— Un mètre, je crois, dit Chloé. Avec une grosse fleur de vingt centimètres.

— Sale truc, marmotta le professeur. Vous n'avez pas eu de chance, de cette taille-là, ce n'est pas courant.

— Ce sont les autres fleurs qui l'ont fait mourir, dit Chloé. En particulier une fleur de vanillier qu'ils m'ont amenée à la fin.

— C'est étrange, dit le professeur. Je n'aurais pas cru que le vanillier puisse produire un effet. Je pensais plutôt au genévrier ou à l'acacia. La médecine, vous savez, c'est un jeu d'andouilles, conclut-il.

— Certainement, dit Chloé.

Le professeur l'auscultait. Il se releva.

— Ça va, dit-il. Évidemment, ça a laissé des traces.

— Oui ? dit Chloé.

— Oui, dit le professeur. Vous avez actuellement un poumon complètement arrêté, ou presque.

— Ça ne me gêne pas, dit Chloé. Si l'autre est bon.

– Si vous attrapez quelque chose à l'autre, dit le professeur, ce sera ennuyeux pour votre mari.

– Pas pour moi ? demanda Chloé.

– Plus pour vous, dit le professeur.

Il se releva.

– Je ne veux pas vous faire peur inutilement, mais faites bien attention.

– Je fais bien attention !... dit Chloé.

Ses yeux s'agrandissaient. Elle passa une main timide dans ses cheveux.

– Comment est-ce que je peux faire pour être sûre de ne rien attraper d'autre ?... dit-elle, et sa voix pleurait presque.

– Ne vous troublez pas, mon petit, dit le professeur. Il n'y a aucune raison pour que vous attrapiez quelque chose d'autre.

Il regarda autour de lui.

– J'aimais mieux votre premier appartement. Il avait l'air plus sain.

– Oui, dit Colin, mais ce n'est pas notre faute...

– Qu'est-ce que vous faites dans la vie, vous ? demanda le professeur.

– J'apprends des choses, dit Colin. Et j'aime Chloé.

– Votre travail ne vous rapporte rien ? demanda le professeur.

255

— Non, dit Colin, je ne fais pas un travail au sens où les gens l'entendent.

— Le travail est une chose infecte, je sais bien, murmura le professeur, mais, ce qu'on choisit de faire, évidemment ne peut pas rapporter puisque...

Il s'interrompit.

— Vous m'aviez montré la dernière fois un appareil qui donnait des résultats étonnants. L'avez-vous encore par hasard?

— Non, dit Colin, je l'ai vendu. Mais je peux vous offrir à boire tout de même.

Mangemanche passa les doigts dans le col de sa chemise jaune et se gratta le cou.

— Je vous suis. Au revoir, jeune dame, dit-il.

— Au revoir, docteur, dit Chloé.

Elle se coula tout au fond du lit et ramena les couvertures sous son cou. Sa figure était claire et tendre sur les draps bleu lavande ourlés de pourpre.

XLVIII

Chick passa la poterne de contrôle et donna sa carte à pointer à la machine. Comme d'habitude, il trébucha sur le seuil de la porte métallique du passage d'accès aux ateliers et une bouffée de vapeur et de fumée noire le frappa violemment à la face. Les bruits commençaient à lui parvenir : sourd vrombissement des turboalternateurs généraux, chuintement des ponts roulants sur les poutrelles entretoisées, vacarme des vents violents de l'atmosphère se ruant sur les tôles de la toiture. Le passage était très sombre, éclairé tous les six mètres par une ampoule rougeâtre dont la lumière ruisselait paresseusement sur les objets lisses, s'accrochant, pour les contourner, aux rugosités des parois et du sol. Sous ses pieds, la tôle bosselée était chaude, crevée par endroits, et l'on apercevait par les trous la gueule rouge sombre des fours de pierre, tout en bas. Les fluides passaient en ronflant dans de gros tuyaux peints en gris et rouge, au-dessus de sa

257

tête, et à chaque pulsation du cœur mécanique que les chauffeurs mettaient sous pression, la charpente s'infléchissait légèrement vers l'avant avec un faible retard et une vibration profonde. Des gouttes se formaient sur la paroi, se détachant parfois lors d'une pulsation plus forte et quand une de ces gouttes lui tombait sur le cou, Chick frissonnait. C'était une eau terne et qui sentait l'ozone. Le passage tournait tout au bout, et le sol, à claire-voie maintenant, dominait les ateliers.

En bas, devant chaque machine trapue, un homme se débattait, luttant pour ne pas être déchiqueté par les engrenages avides. Au pied droit de chacun, un lourd anneau de fer était fixé ; on ne l'ouvrait que deux fois par jour, au milieu de la journée et le soir. Ils disputaient aux machines les pièces métalliques qui sortaient en cliquetant des étroits orifices ménagés sur le dessus. Les pièces retombaient presque immédiatement, si on ne les recueillait pas à temps, dans la gueule grouillante de rouages, où s'effectuait la synthèse.

Il y avait des appareils de toutes les tailles. Chick connaissait bien ce spectacle. Il travaillait au bout de l'un des ateliers et devait contrôler la bonne marche des machines et donner aux hommes des indications pour les remettre en état lorsqu'elles s'arrêtaient après leur avoir arraché un morceau de chair.

Pour purifier l'atmosphère, de longs jets d'essences traversaient obliquement la pièce, luisants de reflets, par places, et condensant autour d'eux les poussières et les fumées de métal et d'huile chaude qui montaient en colonnes droites et minces au-dessus de chaque machine. Chick releva la tête, les tuyaux le suivaient toujours. Il arriva à la cage de la plate-forme de descente, entra et referma la porte derrière lui. Il tira de sa poche un livre de Partre, pressa le bouton de commande et se mit à lire en attendant d'atteindre le sous-sol.

Le choc sourd de la plate-forme sur le butoir de métal le tira de sa torpeur. Il sortit et gagna son bureau, une boîte vitrée et faiblement éclairée d'où il pouvait surveiller les ateliers. Il s'assit, rouvrit son livre et reprit sa lecture, engourdi par la pulsation des fluides et la rumeur grondante des machines.

Une discordance dans le vacarme lui fit soudain lever les yeux. Il chercha d'où provenait le bruit suspect. Un des jets de purification venait de s'arrêter net au milieu de la salle et restait en l'air comme tranché en deux. Les quatre machines qu'il avait cessé de desservir trépidaient, on les voyait remuer à distance, et devant chacune d'elles, une forme s'affaissa peu à peu. Chick posa son livre et se rua au-dehors. Il courut vers le tableau de manœuvre des jets et baissa rapidement une poignée. Le jet brisé restait immobile, on eût dit une lame de faux, et les fumées des quatre machines montaient en l'air en tourbillonnant. Il abandonna le tableau et se précipita vers les machines. Elles s'arrêtaient lentement. Les hommes qui y étaient affectés gisaient à terre. Leur jambe droite repliée formait un angle bizarre à cause de l'anneau de fer et leurs quatre mains droites étaient sectionnées au poignet. Le sang brûlait au contact du métal de la machine et répandait dans l'air une odeur horrible de bête vivante carbonisée.

Chick, au moyen de sa clé, défit les anneaux qui retenaient les corps et étendit ceux-ci devant les machines. Il regagna son bureau et commanda, par téléphone, les brancardiers de service; il revint ensuite près du tableau de manœuvre et tenta de remettre le jet en marche. Rien n'y faisait : le liquide partait bien droit mais arrivé au niveau de la quatrième machine, disparaissait sur place, et l'on apercevait la tranche du jet, aussi nette que s'il eût été sectionné d'un coup de hache.

Tâtant, avec ennui, son livre dans sa poche, il se dirigea vers le Bureau Central. Au moment de quitter l'atelier, il s'effaça pour laisser passer les brancardiers qui avaient empilé les quatre corps sur un petit chariot électrique et s'apprêtaient à les déverser dans le Collecteur Général.

Il suivit un nouveau couloir. Loin devant lui, le petit chariot vira avec un ronronnement doux, en laissant échapper quelques étincelles blanches. Le plafond très bas répercutait le bruit de sa marche sur le métal. Le sol montait un peu. Pour arriver au Bureau Central, il fallait longer trois autres ateliers et Chick suivait distraitement sa route. Il parvint enfin au bloc principal et entra chez le chef du personnel.

— Il y a une avarie aux numéros sept cent neuf, dix, onze et douze, signala-t-il à une secrétaire derrière un guichet. Les quatre hommes à remplacer, et les machines à enlever, je pense. Puis-je parler au chef du personnel ?

La secrétaire manœuvra quelques poussoirs rouges sur un tableau d'acajou verni et dit : « Entrez, il vous attend. »

Chick entra et s'assit. Le chef du personnel le regarda, l'air interrogateur.

— Il me faut quatre hommes, dit Chick.

— Bon, dit le chef du personnel. Demain vous les aurez.

— Un des jets de purification ne fonctionne plus, ajouta-t-il.

— Ça ne me regarde pas, dit le chef du personnel. Voyez à côté.

Chick sortit et remplit les mêmes formalités avant d'entrer chez le chef du matériel.

— Un des jets de purification du sept cents ne marche plus, dit-il.

— Plus du tout?

— Il ne va pas jusqu'au bout, dit Chick.

— Vous n'avez pas pu le remettre en marche?

— Non, dit Chick. Il n'y a rien à faire.

— Je vais examiner votre atelier, dit le chef du matériel.

— Mon rendement baisse, dit Chick. Faites vite.

— Ça ne me regarde pas, dit le chef du matériel, voyez le chef de la production.

Chick gagna le bloc voisin et entra chez le chef de la production. Il y avait un bureau violemment éclairé et derrière le bureau, fixé au mur, un grand tableau de verre dépoli sur lequel l'extrémité d'une ligne rouge se déplaçait très lentement vers la droite comme une chenille au bord d'une feuille; les aiguilles de gros niveaux circulaires à lunette chromée disposées sous le tableau tournaient encore plus lentement.

— Votre production baisse de 0,7 %, dit le chef. Qu'est-ce qu'il y a?

— Quatre machines hors circuit, dit Chick.

— À 0,8 vous êtes renvoyé, dit le chef de la production.

Il consulta le niveau en pivotant sur son fauteuil chromé.

— 0,78, dit-il. À votre place, je me préparerais déjà.

— C'est la première fois que ça m'arrive, dit Chick.

— Je regrette, dit le chef de la production. Peut-être pourra-t-on vous changer de service.

— Je n'y tiens pas, dit Chick. Je ne tiens pas à travailler. Je n'aime pas ça.

— Personne n'a le droit de dire ça, dit le chef de la production. Vous êtes renvoyé, ajouta-t-il.

— Je n'y pouvais rien, dit Chick. Qu'est-ce que c'est que la justice?

— Jamais entendu parler, dit le chef de la production. J'ai du travail, il faut dire.

Chick quitta le bureau. Il retourna chez le chef du personnel.

— Puis-je être payé? demanda-t-il.

— Quel numéro? demanda le chef du personnel.

— Atelier 700. Ingénieur.

— Bon.

Il se tourna vers sa secrétaire et dit : Faites le nécessaire. Puis, parla dans son transmetteur intérieur. Allô! dit-il. Un ingénieur de rechange type 5 pour l'atelier 700.

— Voilà, dit la secrétaire en donnant une enveloppe à Chick. Il y a vos cent dix doublezons.

— Merci, dit Chick, et il s'en alla.

Il croisa l'ingénieur qui allait le remplacer, un jeune homme maigre, blond, l'air fatigué. Il se dirigea vers l'ascenseur le plus proche et pénétra dans la cabine.

XLIX

— Entrez! cria le tourneur de disques.

Il regarda vers la porte. C'était Chick.

— Bonjour, dit Chick. Je reviens vous voir pour ces enregistrements que je vous avais apportés.

— Je récapitule, dit l'autre. Pour les trente faces, confection des outils, gravure au pantographe de vingt exemplaires numérotés de chaque face, ça vous fait l'un dans l'autre, cent huit doublezons. Je vous les laisse à cent cinq.

— Voilà, dit Chick. J'ai un chèque de cent dix doublezons, je vous l'endosse et rendez-moi cinq doublezons.

— D'accord, dit le tourneur de disques.

Il ouvrit son tiroir et donna à Chick un billet de cinq doublezons tout neuf. Les yeux de Chick s'éteignaient dans sa figure.

L

Isis descendit. Nicolas conduisait la voiture. Il regarda sa montre et la suivit des yeux tandis qu'elle pénétrait dans la maison de Colin et Chloé. Il avait un uniforme neuf de gabardine blanche et une casquette de cuir blanc. Il était rajeuni, mais son expression inquiète trahissait un désarroi profond.

L'escalier diminuait brusquement de largeur à l'étage de Colin et Isis pouvait toucher à la fois la rampe et la paroi froide sans écarter les bras. Le tapis n'était plus qu'un léger duvet qui couvrait à peine le bois. Elle atteignit le palier, haleta un peu et sonna.

Personne ne vint ouvrir. Il n'y avait aucun bruit dans l'escalier, sinon de temps à autre un léger craquement suivi d'un éclaboussement humide lorsqu'une marche se détendait.

Isis sonna de nouveau. Elle percevait, de l'autre côté de la porte, le léger frisson du marteau d'acier sur le métal. Elle secoua un peu la porte qui s'ouvrit d'un coup.

Elle entra et trébucha sur Colin. Il reposait allongé par terre, la figure sur le sol, de côté, et les bras en avant. Ses yeux étaient fermés. Dans l'entrée, il faisait sombre. Autour de la fenêtre, on voyait un halo de clarté qui ne pénétrait pas. Il respirait doucement. Il dormait.

Isis se baissa, s'agenouilla près de lui et lui caressa la joue. Sa peau frémit légèrement et ses yeux bougèrent sous ses paupières, il regarda Isis et parut se rendormir. Isis le secoua un peu, il s'assit, passa la main sur sa bouche et dit :

— Je dormais.

— Oui, dit Isis. Tu ne dors plus dans ton lit ?

— Non, dit Colin. Je voulais rester là pour attendre le docteur et aller chercher des fleurs.

Il avait l'air complètement désorienté.

— Qu'est-ce qu'il y a ? dit Isis.

— Chloé, dit Colin, elle tousse de nouveau.

— C'est un peu d'irritation qui reste, dit Isis.

— Non, dit Colin, c'est l'autre poumon.

Isis se releva et courut vers la chambre de Chloé. Le bois du parquet giclait sous ses pas. Elle ne reconnaissait pas la chambre. Sur son lit, Chloé, la tête à demi cachée dans l'oreiller, toussait sans bruit, mais sans interruption. Elle se redressa un peu en entendant Isis entrer et reprit haleine. Elle eut un faible sourire quand Isis s'approcha d'elle, s'assit sur le lit et la prit dans ses bras comme un bébé malade.

— Tousse pas, ma Chloé, murmura Isis.

— Tu as une jolie fleur… dit Chloé dans un souffle en respirant le gros œillet rouge piqué dans les cheveux d'Isis. Ça fait du bien… ajouta-t-elle.

— Tu es encore malade ? dit Isis.

— C'est l'autre poumon, je crois, dit Chloé.

— Mais non, dit Isis. C'est le premier qui te fait encore un peu tousser.

— Non, dit Chloé. Où est Colin, il est parti me chercher des fleurs ?

— Il va venir, dit Isis. Je l'ai rencontré. A-t-il de l'argent ? ajouta-t-elle.

— Oui, dit Chloé, il en a encore un peu… À quoi ça sert, ça n'empêche rien.

— Tu as mal ? demanda Isis.

— Oui, dit Chloé, mais pas beaucoup. La chambre a changé, tu vois.

— Je l'aime mieux comme ça, dit Isis. C'était trop grand avant.

— Comment sont les autres chambres ? dit Chloé.

— Oh, bien, dit Isis évasivement.

Elle se rappelait encore la sensation du parquet froid comme un marécage.

— Ça m'est égal que ça change, dit Chloé, du moment qu'il fait chaud et que ça reste confortable.

— Sûr! dit Isis. C'est plus gentil, un petit appartement.

— La souris reste avec moi, dit Chloé. Tu la vois, là-bas, dans le coin? Je ne sais pas ce qu'elle fabrique. Elle ne voulait plus aller dans le couloir.

— Oui, dit Isis.

— Donne encore ton œillet, dit Chloé, ça fait du bien.

Isis le détacha de sa chevelure et le donna à Chloé qui l'approcha de ses lèvres et le respira à longs traits.

— Comment va Nicolas? dit-elle.

— Bien, dit Isis. Mais il n'est plus gai comme avant. Je t'apporterai d'autres fleurs quand je reviendrai.

— Je l'aimais bien, Nicolas, dit Chloé. Tu ne vas pas l'épouser?

— Je ne peux pas… murmura Isis. Je ne suis pas à sa hauteur.

— Ça ne fait rien, dit Chloé, si il t'aime.

— Mes parents n'osent pas lui en parler, dit Isis. Oh!…

L'œillet blêmissait soudain, se fripa, parut se dessécher ; il tombait maintenant en fine poussière sur la poitrine de Chloé.

— Oh ! dit Chloé à son tour. Je vais tousser encore. Tu as vu ?...

Elle s'interrompit pour porter la main à sa bouche. Une quinte violente la ressaisit.

— C'est... cette chose que j'ai... qui les fait toutes... mourir... balbutia-t-elle.

— Ne parle pas, dit Isis. Ça n'a aucune importance, Colin va en rapporter.

Le jour était bleu dans la chambre et presque vert aux angles. Il n'y avait pas encore trace d'humidité et le tapis restait assez haut, mais une des quatre fenêtres carrées se fermait presque complètement. Isis entendit le bruit humide des pas de Colin dans l'entrée.

— Le voilà ! dit-elle. Il t'en rapporte sûrement.

Colin apparut. Il avait une grosse gerbe de lilas dans les bras.

— Tiens, ma Chloé, dit-il, prends-les.

Elle tendit les bras.

— Tu es gentil, mon chéri, dit-elle.

Elle posa le bouquet sur le second oreiller, se tourna sur le côté et enfouit sa figure dans les grappes blanches et sucrées.

Isis se levait.

— Tu t'en vas? dit Colin.

— Oui, dit Isis, on m'attend. Je reviendrai avec des fleurs.

— Tu serais gentille de venir demain matin, dit Colin, il faut que j'aille chercher du travail et je ne veux pas la laisser toute seule avant d'avoir revu le docteur.

— Je viendrai… dit Isis.

Elle se pencha un peu, avec précaution, et elle embrassa Chloé sur sa joue si tendre. Chloé leva la main et caressa la figure d'Isis, mais elle ne tourna pas la tête. Elle respirait avidement le parfum des lilas qui se déployait en volutes lentes autour de ses cheveux brillants.

LI

Colin cheminait péniblement le long de la route. Elle s'enfonçait de biais entre des levées de terre surmontées de dômes de verre qui prenaient au jour un éclat glauque et incertain.

De temps à autre, il levait la tête et lisait les plaques pour s'assurer qu'il avait pris la bonne direction et il voyait alors le ciel rayé transversalement de marron sale et de bleu.

Loin devant, il pouvait apercevoir, au-dessus des talus, les cheminées alignées de la serre principale.

Il avait, dans sa poche, le journal sur lequel on demandait des hommes de vingt à trente ans, pour préparer la défense du pays. Il marchait le plus vite possible, mais ses pieds enfonçaient dans la terre chaude qui, partout, reprenait lentement possession des constructions et de la route.

On ne voyait pas de plantes ; surtout de la terre, en blocs informes, amoncelés des deux côtés, formant des remblais rapides en équilibre instable, et parfois une lourde masse oscillait, roulait le long du talus et s'abattait mollement sur la surface du chemin.

À certains endroits, les remblais s'abaissaient et Colin distinguait, à travers les vitres troubles des dômes, des formes bleu sombre qui s'agitaient vaguement sur un fond plus clair.

Il pressa le pas, arrachant ses pieds des trous qu'ils formaient dans le sol. La terre se resserrait aussitôt, comme un muscle circulaire, et il ne subsistait plus qu'une faible dépression à peine marquée, elle s'effaçait presque immédiatement.

Les cheminées se rapprochaient. Colin sentait son cœur virer dans sa poitrine comme une bête enragée. Il serra le journal à travers l'étoffe de sa poche.

Le sol glissait et se dérobait sous ses pieds mais il enfonçait moins et la route durcissait perceptiblement. Il aperçut la première cheminée tout près de lui fichée en terre comme un pal. Des oiseaux foncés tournaient autour du sommet d'où s'échappait une mince fumée verte. À la base de la cheminée, un renflement arrondi assurait sa stabilité. Les bâtiments commençaient un peu plus loin. Il n'y avait qu'une porte.

Il entra, gratta ses pieds sur une grille luisante aux lames acérées et suivit un couloir bas bordé par des lampes à lumière pulsée. Le carrelage était

273

de briques rouges et la partie supérieure des murs
était, ainsi que le plafond, garnie de plaques de
verre de plusieurs centimètres d'épaisseur à travers lesquelles on entrevoyait des masses sombres
et immobiles. Tout au bout du couloir, il y avait
une porte. Elle portait le numéro indiqué dans le
journal et il entra sans frapper comme le recom-
mandait l'annonce.

Un vieil homme en blouse blanche, les cheveux embroussaillés, lisait un manuel derrière
son bureau. Des armes variées pendaient au
mur, des lumelles[1] brillantes, des fusils à feu, des
lance-mort de divers calibres et une collection
complète d'arrache-cœurs de toutes les tailles.

— Bonjour, monsieur, dit Colin.

— Bonjour, monsieur, dit l'homme.

Sa voix était cassée et épaissie par l'âge.

— Je viens pour l'annonce, dit Colin.

— Ah? dit l'homme. Il y a un mois qu'elle
passe sans résultats. C'est un travail assez dur,
vous savez.

— Oui, dit Colin. Mais c'est bien payé.

— Mon Dieu! dit l'homme, cela vous use,
voyez-vous et cela ne vaut peut-être pas le prix,
mais ce n'est pas à moi de dénigrer mon adminis-

---

1. On trouve des « alumelles » dans « L'isle des Ferremens » de
Rabelais (*Cinquième Livre*, IX), puis des « lumelles » chez Jarry
(*Ubu roi*, IV, 5 et V, 6).

tration. D'ailleurs vous voyez que je suis encore
en vie.

— Vous travaillez depuis longtemps? dit
Colin.

— Un an, dit l'homme. J'ai vingt-neuf ans.

Il passa une main ridée et tremblante à travers
les plis de son visage.

— Et maintenant, je suis arrivé, voyez-vous. Je
peux rester à mon bureau et lire le manuel toute
la journée.

— J'ai besoin d'argent, dit Colin.

— Cela est fréquent, dit l'homme, mais le travail vous rend philosophe. Au bout de trois mois
vous en aurez moins besoin.

— C'est pour soigner ma femme, dit Colin.

— Ah? Oui? dit l'homme.

— Elle est malade, expliqua Colin. Je n'aime
pas le travail.

— Je regrette pour vous, dit l'homme. Quand
une femme est malade, elle n'est plus bonne à
rien.

— Je l'aime, dit Colin.

— Sans doute, dit l'homme, sans ça vous ne
voudriez pas travailler. Je vais vous indiquer
votre poste. C'est à l'étage au-dessus.

Il guida Colin à travers des passages nets aux
voûtes surbaissées et des escaliers de briques

rouges, jusqu'à une porte, voisine d'autres portes, qui était marquée d'un symbole.

— Voilà, dit l'homme. Entrez, je vais vous expliquer le travail.

Colin entra. La pièce était petite, carrée. Les murs et le sol étaient de verre. Sur le sol, reposait un gros massif de terre en forme de cercueil, mais très épais, un mètre au moins. Une lourde couverture de laine était roulée à côté, par terre. Aucun meuble. Une petite niche pratiquée dans le mur renfermait un coffret de fer bleu. L'homme alla vers le coffret et l'ouvrit. Il en retira douze objets brillants et cylindriques avec un trou minuscule au milieu.

— La terre est stérile, vous savez ce que c'est, dit l'homme, il faut des matières de premier choix pour la défense du pays. Mais pour que les canons de fusil poussent régulièrement et sans distorsion, on a constaté depuis longtemps qu'il faut la chaleur humaine. Pour toutes les armes, c'est vrai, d'ailleurs.

— Oui, dit Colin.

— Vous pratiquez douze petits trous dans la terre, dit l'homme, répartis au niveau du cœur et du foie, et vous vous étendrez sur la terre après vous être déshabillé. Vous vous recouvrirez avec l'étoffe de laine stérile qui est là, et vous vous arrangerez pour dégager une chaleur parfaitement régulière.

Il eut un rire cassé et se tapa la cuisse droite.

— J'en faisais quatorze les vingt premiers jours de chaque mois. Ah! j'étais fort!...

— Alors? demanda Colin.

— Alors vous restez comme ça vingt-quatre heures et au bout de vingt-quatre heures, les canons de fusil ont poussé, on vient les retirer, on arrose la terre d'huile et vous recommencez.

— Ils poussent vers le bas? dit Colin.

— Oui, c'est éclairé en dessous... dit l'homme, ils ont un phototropisme positif mais ils poussent vers le bas parce qu'ils sont plus lourds que la terre, alors on éclaire surtout en dessous pour ne pas qu'il y ait de distorsion.

— Et les rayures? dit Colin.

— Ceux de cette espèce-là poussent tout rayés, dit l'homme. Ce sont des graines sélectionnées.

— À quoi servent les cheminées? demanda Colin.

— C'est pour l'aération, dit l'homme, et la stérilisation des couvertures et des bâtiments. Ce n'est pas la peine de prendre des précautions spéciales parce que c'est fait très énergiquement.

— Ça ne marche pas avec une chaleur artificielle? dit Colin.

277

— Mal, dit l'homme. Il leur faut la chaleur humaine pour bien grandir.

— Vous employez des femmes ? dit Colin.

— Elles ne peuvent pas faire ce travail, dit l'homme, elles n'ont pas la poitrine assez plate pour que leur chaleur se répartisse bien. Je vais vous laisser travailler.

— Je gagnerai bien dix doublezons par jour ? dit Colin.

— Certainement, dit l'homme, et une prime si vous dépassez douze canons.

Il quitta la pièce et ferma la porte. Colin tenait les douze graines dans sa main. Il les posa à côté de lui et commença à se déshabiller. Il avait les yeux fermés et ses lèvres tremblaient de temps en temps.

LII

— Je ne sais pas ce qui se passe, dit l'homme. Cela marchait bien au début. Mais, avec les derniers, nous ne pourrons faire que des armes spéciales.

— Vous allez me payer tout de même? demanda Colin, inquiet.

Il devait toucher soixante-dix doublezons et une prime de dix doublezons. Il avait fait de son mieux mais le contrôle des canons révélait certaines anomalies.

— Voyez vous-même… dit l'homme.

Il tenait un des canons devant lui et montrait à Colin l'extrémité évasée.

— Je ne comprends pas, dit Colin. Les premiers étaient parfaitement cylindriques.

— Bien entendu, on peut les utiliser à faire des tromblons à feu, dit l'homme, mais c'est le modèle d'il y a cinq guerres et nous en possédons déjà un gros stock. C'est ennuyeux.

— Je fais de mon mieux, dit Colin.

— Certainement, dit l'homme. Je vais vous donner vos quatre-vingts doublezons.

Il prit dans le tiroir de son bureau une enveloppe cachetée.

— Je l'ai fait porter ici pour vous éviter d'aller au service de paiement, dit-il, cela prend quelquefois des mois pour obtenir son argent et vous aviez l'air pressé.

— Je vous remercie, dit Colin.

— Je n'ai pas encore examiné votre production d'hier, dit l'homme. Elle va arriver tout de suite. Vous ne voulez pas attendre un instant?

Sa voix chevrotante et boiteuse était une souffrance pour les oreilles de Colin.

— Je vais attendre, dit-il.

— Voyez-vous, dit l'homme, nous sommes forcés de faire très attention à ces détails, parce qu'un fusil doit, tout de même, être pareil à un autre fusil, même s'il n'y a pas de cartouches.

— Oui… dit Colin.

— Il n'y a pas souvent de cartouches, dit l'homme, on est en retard sur les programmes de cartouches, on en a de grandes réserves pour un modèle de fusil qu'on ne fabrique pas, mais on n'a pas reçu l'ordre d'en faire pour les nouveaux fusils, alors on ne peut pas s'en servir. Ça ne fait rien, d'ailleurs, qu'est-ce que vous voulez faire avec un fusil contre une machine à roues. Les ennemis fabriquent une machine à roues pour deux fusils que nous faisons, alors nous avons la supériorité du nombre, mais une machine à roues ne se soucie pas d'un fusil ou même de dix fusils, surtout sans cartouches…

— On ne fabrique pas de machines à roues, ici ? demanda Colin.

— Si, dit l'homme, mais on finit à peine le programme de la dernière guerre, alors elles ne marchent pas bien et il faut les démolir, et comme elles sont très solidement construites, cela prend beaucoup de temps.

On tapa à la porte et un manutentionnaire parut, poussant devant lui un chariot blanc stérilisé. Sous un linge blanc, il y avait la production de Colin pour le dernier jour. Le linge se soulevait à l'un des bouts. Cela n'aurait pas dû se produire avec des canons bien cylindriques et Colin se sentit inquiet. Le manutentionnaire sortit en fermant la porte.

— Ah !… dit l'homme, ça n'a pas l'air de s'être arrangé.

Il souleva le linge. Il y avait douze canons d'acier bleu et froid et au bout de chacun, une jolie rose blanche s'épanouissait, fraîche et ombrée de beige au creux des pétales veloutés.

— Oh… murmura Colin. Qu'elles sont belles.

L'homme ne disait rien. Il toussa deux fois.

— Ça ne sera donc pas la peine de reprendre votre travail demain, dit-il, hésitant.

Ses doigts s'accrochaient nerveusement au bord du chariot.

— Est-ce que je peux les prendre... dit Colin. Pour Chloé.

— Elles vont mourir, dit l'homme, si vous les détachez de l'acier. Elles sont en acier, vous savez...

— Ce n'est pas possible, dit Colin.

Il prit délicatement une rose et tenta de briser la tige, il fit un faux mouvement, et un des pétales lui déchira la main sur plusieurs centimètres de long. Sa main saignait à lentes pulsations, de grosses gorgées de sang sombre qu'il avalait machinalement, il regardait le pétale blanc marqué d'un croissant rouge et l'homme lui tapait sur l'épaule et le poussa doucement vers la porte.

LIII

Chloé dormait. Dans la journée, le nénuphar lui prêtait la belle couleur crème de sa peau mais pendant son sommeil, ce n'était pas la peine, et les taches rouges de ses joues revenaient. Ses yeux faisaient deux marques bleutées sous son front et de loin on ne savait pas s'ils étaient ouverts. Colin était assis sur une chaise dans la salle à manger et il attendait. Il y avait beaucoup de fleurs autour de Chloé, il pouvait encore attendre quelques heures avant de chercher un autre travail; il voulait se reposer pour faire bonne impression et prendre un emploi vraiment rémunérateur. Il faisait presque noir dans la salle à manger, la fenêtre s'était fermée jusqu'à dix centimètres de l'appui et le jour n'entrait plus qu'en une bande étroite. Il avait juste le front et les yeux éclairés, le reste de sa figure vivait dans l'ombre. Son pick-up ne marchait plus, il fallait maintenant le remonter à la main pour chaque disque et ça le fatiguait. Les disques s'usaient aussi, maintenant, pour certains, on reconnaissait même difficilement la mélodie. Il pensait que si Chloé avait besoin de quelque chose, la souris viendrait l'avertir tout de suite. Est-ce que Nicolas épouserait Isis ? Quelle robe mettrait Isis pour son mariage ? Qui sonnait à la porte ?

— Bonjour, Alise, dit Colin ; tu viens voir Chloé.

— Non, dit Alise, je viens seulement.

Ils pouvaient rester dans la salle à manger, avec les cheveux d'Alise il y faisait plus clair. Il y restait deux chaises.

— Tu t'ennuyais, dit Colin. Je sais ce que c'est.

— Chick est là, dit Alise. Il est chez lui.

— Tu dois rapporter quelque chose, expliqua Colin.

— Non, dit Alise, je dois rester ailleurs.

— Oui, dit Colin. Il est en train de repeindre.

— Non, dit Alise. Il a tous ses livres, mais il ne veut plus de moi.

— Tu lui as fait une scène, dit Colin.

— Non, dit Alise.

— Il a mal compris ce que tu lui as dit, ajouta Colin, mais quand il ne sera plus en colère, tu lui expliqueras.

— Il m'a simplement dit qu'il n'avait plus que juste assez de doublezons pour faire relier son dernier livre en peau de néant, dit Alise, et qu'il ne pouvait plus supporter de me garder avec lui parce qu'il ne pouvait rien me donner, et je deviendrais laide, avec les mains abîmées.

— Il a raison, dit Colin. Tu ne dois pas travailler.

— Mais j'aime Chick, dit Alise. J'aurais travaillé pour lui.

— Ça ne sert à rien, dit Colin. Tu ne peux pas. Tu es trop jolie.

— Pourquoi m'a-t-il mise à la porte ? dit Alise. J'étais vraiment très jolie.

— Je ne sais pas, dit Colin, mais moi j'aime beaucoup tes cheveux et ta figure.

— Regarde, dit Alise.

Elle se leva, tira le petit anneau de la fermeture et sa robe tomba par terre. C'était une robe de laine claire ; en dessous, elle n'avait rien.

— Oui… dit Colin.

Il faisait très clair dans la pièce et Colin voyait Alise tout entière. Ses seins paraissaient prêts à s'envoler et les longs muscles de ses jambes déliées, à toucher, étaient fermes et chauds.

— Je peux embrasser ? dit Colin.

— Oui, dit Alise, je t'aime bien.

— Tu vas avoir froid, dit Colin.

Elle s'approcha de lui. Elle s'assit sur ses genoux et ses yeux se mirent à pleurer sans bruit.

— Pourquoi est-ce qu'il ne veut plus de moi…

Colin la berçait doucement.

— Il ne comprend pas, tu sais, Alise. C'est un bon garçon, pourtant.

— Il m'aimait beaucoup, dit Alise. Il croyait que les livres de Partre accepteraient de partager. Mais ça ne se peut pas.

— Tu vas avoir froid, répéta Colin.

Il l'embrassait et lui caressait les cheveux.

— Pourquoi est-ce que je ne t'ai pas rencontré d'abord? dit Alise. Je t'aurais aimé autant. Mais maintenant, je ne peux pas, c'est lui que j'aime.

— Je sais bien, dit Colin. J'aime mieux Chloé aussi, maintenant.

Il la fit lever et ramassa sa robe.

— Remets-la, ma chatte, dit-il. Tu vas avoir froid.

— Non, dit Alise, ça ne fait rien.

Elle se rhabilla machinalement.

— Je ne voudrais pas que tu sois triste, dit Colin.

— Tu es gentil, dit Alise, mais je suis très triste ; je crois que je vais pouvoir faire quelque chose pour Chick tout de même.

— Tu vas aller chez tes parents, dit Colin. Ils voudraient peut-être te voir. Ou chez Isis.

— Chick ne sera pas là-bas, dit Alise. Je n'ai pas besoin d'être chez personne si Chick ne vient pas.

— Il viendra, dit Colin. J'irai le voir.

— Non, dit Alise, on ne peut plus entrer chez lui, c'est toujours fermé à clé.

— Je le verrai tout de même, dit Colin. Il viendra me voir alors.

— Je ne crois pas, dit Alise. Ce n'est plus le même Chick.

— Mais si, dit Colin. Les gens ne changent pas. Ce sont les choses qui changent.

— Je ne sais pas, dit Alise.

— Je vais t'accompagner, dit Colin. Je dois aller chercher du travail.

— Je ne vais pas par là, dit Alise.

— Je vais t'accompagner pour descendre, dit Colin.

Elle était en face de lui. Colin posa ses deux mains sur les épaules d'Alise, il sentait la chaleur de son cou et les cheveux doux et frisés près de sa peau. Il suivit le corps d'Alise avec ses mains. Elle ne pleurait plus, mais elle n'avait plus l'air d'être là.

— Je ne voudrais pas que tu fasses des bêtises, dit Colin.

— Oh, dit Alise, je ne ferai pas de bêtises.

— Reviens me voir, dit Colin, si tu t'ennuies.

287

— Peut-être je reviendrai te voir, dit Alise.

Elle regardait à l'intérieur. Colin la prit par la main et ils descendirent l'escalier. Ils glissaient, de temps à autre, sur les marches humides. En bas, Colin lui dit au revoir, elle resta debout et le regarda s'en aller.

LIV

Le dernier était juste revenu de chez le relieur et Chick le caressait avant de le replacer dans son emboîtement. Il était recouvert de peau de néant, épaisse et verte, le nom de Partre se détachait en lettres creuses sur la reliure. Sur une seule étagère, Chick avait toute l'édition normale, et toutes les variantes, les manuscrits, les premiers tirages, les pages spéciales occupaient des niches particulières dans l'épaisseur du mur.

Chick soupira. Alise l'avait quitté le matin, il était forcé de lui dire de partir, il lui restait un doublezon et un morceau de fromage et ses robes le gênaient dans l'armoire pour accrocher les vieux habits de Partre que le libraire lui procurait par miracle. Il ne se rappelait pas quel jour il l'embrassait la dernière fois, il ne pouvait plus perdre son temps à l'embrasser, il lui fallait réparer son pick-up pour apprendre par cœur le texte des conférences de Partre; si il venait à casser les disques, il devait pouvoir conserver le texte.

289

Tous les livres de Partre étaient là, tous les livres publiés ; les reliures luxueuses, soigneusement protégées par des étuis de cuir, les fers dorés, les exemplaires précieux à grandes marges bleues, les tirages limités sur tue-mouches ou vergé Saintorix ; un mur entier leur était réservé, divisé en douillettes alvéoles garnies de peau de velours, chaque œuvre occupait une alvéole. Garnissant le mur opposé, rangés en piles brochées, les articles de Partre, extraits avec ferveur des revues, des journaux, des périodiques innombrables qu'il daignait favoriser de sa féconde collaboration.

Chick passa la main sur son front, il y avait combien de temps qu'Alise vivait avec lui… Les doublezons de Colin devaient servir à l'épouser, mais elle n'y tenait pas tant. Elle se contentait de l'attendre, et se contentait d'être avec lui, mais on ne peut pas accepter cela d'une femme, qu'elle reste avec vous simplement parce qu'elle vous aime, il l'aimait aussi, il ne pouvait admettre de lui laisser perdre son temps puisqu'elle ne s'intéressait plus à Partre. Comment ne pas s'intéresser à un homme comme Partre, capable d'écrire n'importe quoi sur n'importe quel sujet et avec quelle précision. Sûrement Partre mettrait moins d'un an à réaliser son *Encyclopédie de la Nausée*, et la duchesse de Bovouard collaborerait à ce travail, et il y aurait des manuscrits extraordinaires, il fallait d'ici là gagner assez de doublezons pour tenir et mettre en réserve au moins un acompte à donner au libraire. Chick n'avait pas payé ses impôts. Mais l'argent des impôts lui était plus utile sous la forme d'un exemplaire du *Trou de Sainte Colombe*. Alise aurait mieux aimé que Chick employât les doublezons à payer les impôts, elle lui proposait même de vendre quelque chose à elle pour cela, il avait accepté, et cela fit juste le prix d'une reliure pour le *Trou de Sainte Colombe*, Alise se passait très bien de son collier.

Il hésitait à rouvrir la porte, peut-être était-elle derrière à attendre qu'il tournât la clé dans la serrure, il ne le pensait pas, ses pas dans l'escalier résonnaient comme un petit martèlement décroissant. Elle pourrait retourner chez ses parents et reprendre ses études, après tout cela ne faisait qu'un léger retard, on peut rattraper rapidement les cours que l'on a manqués, mais Alise ne travaillait plus guère, elle s'occupait trop des affaires de Chick et de lui faire à manger et de repasser sa cravate ; les impôts, après tout, ne seraient pas payés du tout, est-ce qu'il y a des exemples qu'on vienne vous relancer à domicile parce qu'on n'a pas payé ses impôts. Cela n'arrive pas, on peut verser un acompte,

291

un doublezon, et puis on vous laisse tranquille et on n'en parle plus pendant quelque temps. Un type comme Partre payait-il ses impôts, c'est probable, et après tout est-ce que du point de vue moral, il est recommandable de payer des impôts, pour avoir en contrepartie le droit de se faire saisir parce que d'autres payent des impôts qui servent à entretenir la police et les hauts fonctionnaires, c'est un cercle vicieux à briser, que personne n'en paie plus pendant assez long-temps et les fonctionnaires mourront tous de consomption et la guerre n'existera plus.

Chick souleva le couvercle de son pick-up à deux plateaux et mit deux disques différents de Jean-Sol Partre. Il voulait les écouter tous les deux en même temps pour faire jaillir des idées nouvelles du choc de deux idées anciennes. Il se plaça à égale distance des deux haut-parleurs afin que sa tête fût juste à l'endroit où ce choc aurait lieu, et conservât, automatiquement, les résultats de l'impact. Les aiguilles firent un cra-chement sur l'escargot du début et se logèrent au creux du sillon et les mots de Partre retentirent dans le cerveau de Chick. De sa place, il regar-dait par la fenêtre et constata que des fumées s'élevaient çà et là, sur les toits, en grosses volutes bleues, colorées de rouge par-dessous, comme des fumées de papier. Il voyait machinalement le rouge gagner sur le bleu et les mots s'entre-choquaient avec de grandes lueurs, ouvrant à sa fatigue un champ de repos doux comme de la mousse au mois de mai.

LV

Le sénéchal de la police tira son sifflet de sa poche et s'en servit pour taper sur un énorme gong péruvien qui pendait derrière lui. On entendit une galopade de bottes ferrées à tous les étages, le bruit de chutes successives, et par le toboggan, six de ses meilleurs agents d'armes firent irruption dans son bureau.

Ils se relevèrent, tapèrent sur leurs fesses pour enlever la poussière et se mirent au garde-à-vous.

— Douglas! appela le sénéchal.

— Présent! répondit le premier agent d'armes.

— Douglas! répéta le sénéchal.

— Présent! dit le second.

L'appel se poursuivit. Le sénéchal de la police ne pouvait se souvenir du nom de tous ses hommes et Douglas était un générique tradition-nel.

— Mission spéciale! ordonna-t-il.

Du même geste, les six agents d'armes posèrent la main sur la poche fessière pour signifier qu'ils étaient munis de leur égalisateur à douze giclées.

— Je dirige personnellement! souligna le sénéchal.

Il frappa violemment le gong. La porte s'ouvrit et un secrétaire apparut.

— Je pars, annonça le sénéchal. Mission spéciale. Blocnotez.

Le secrétaire saisit son bloc et son crayon et se mit dans la position d'enregistrement réglementaire numéro six.

— Recouvrement d'impôts chez le sieur Chick, avec saisie préalable, dicta son chef. Passage à tabac de contrebande et blâme sévère. Saisie totale ou même partielle compliquée de violation de domicile.

— Noté! dit le secrétaire.

— En route, Douglas, commanda le sénéchal de la police.

Il se leva et prit la tête de l'escadrille, qui démarra pesamment en imitant, avec ses douze pieds, le vol du coucou à gaufres. Les six hommes étaient vêtus d'une combinaison collante de cuir noir, blindée sur la poitrine et aux épaules, et leur casque en acier noirci, de forme serre-tête, descendait bas sur la nuque et protégeait les tempes et le front. Tous portaient des bottes lourdes et métalliques. Le sénéchal avait une tenue analogue, mais de cuir rouge, et deux étoiles d'or brillaient sur ses épaules. Les égalisateurs gonflaient les poches arrière de ses acolytes ; il tenait à la main une petite matraque d'or et une lourde grenade dorée pendait à sa ceinture. Ils descendirent l'escalier d'honneur et la sentinelle se mit au quant-à-soi tandis que le sénéchal levait la main vers son casque. Une voiture spéciale attendait à la porte. Le sénéchal s'assit à l'arrière, tout seul, et les six agents d'armes se rangèrent sur les marchepieds débordants, les deux plus gros d'un côté et les quatre maigres de l'autre. Le conducteur portait aussi une combinaison de cuir noir mais pas de casque. Il démarra. La voiture n'avait pas de roues, mais une multitude de pieds vibratiles, de telle sorte que les projectiles perdus ne risquaient pas de crever les pneus. Les pieds renâclèrent sur le sol et le conducteur vira court à la première bifurcation ; à l'intérieur, on avait l'impression d'être sur la crête d'une vague qui crève.

LVI

En regardant Colin s'éloigner, Alise lui disait
au revoir de toutes ses forces dans son cœur. Il
aimait tant Chloé, il allait chercher du travail
pour elle, pour pouvoir acheter des fleurs et
lutter contre cette horreur qui la dévorait dans
la poitrine. Les épaules larges de Colin s'affais-
saient un peu, il semblait si fatigué, ses cheveux blonds n'étaient plus peignés et ordonnés
comme autrefois. Chick savait se montrer tellement doux en parlant d'un livre de Partre et en
expliquant Partre. Il ne peut réellement pas se
passer de Partre, il n'aura pas l'idée de rechercher quoi que ce soit d'autre, Partre dit tout ce
qu'il voudrait savoir dire. On ne doit pas laisser
Partre publier cette encyclopédie, ce sera la mort
de Chick, il volera, il tuera un libraire. Alise se
mit en route lentement. Partre passe ses jour-
nées dans un débit, à boire et écrire avec d'autres
gens comme lui qui viennent boire et écrire, ils

297

boivent du thé des Mers et des alcools doux, cela leur évite de penser à ce qu'ils écrivent et il entre et sort beaucoup de monde, cela remue les idées du fond et on en pêche une ou l'autre, il ne faut pas éliminer tout le superflu, on met un peu d'idées et un peu de superflu, on dilue. Les gens absorbent ces choses-là plus facilement, surtout les femmes n'aiment pas ce qui est pur. Le chemin n'était pas très long pour arriver au débit ; de loin Alise vit un des garçons en veste blanche et pantalon citron servir un pied de cochon farci à Don Evany Marqué[1], le joueur de baise-bol célèbre, qui, au lieu de boire, ce qu'il détestait, absorbait des nourritures épicées pour donner soif à ses voisins. Elle entra, Jean-Sol Partre, à sa place habituelle, écrivait, il y avait beaucoup de monde et ça parlait doux. Par un miracle ordinaire, ce qui est extraordinaire, Alise vit une chaise libre à côté de Jean-Sol et s'assit. Elle posa sur ses genoux son sac pesant et défit la fermeture. Par-dessus l'épaule de Jean-Sol, elle voyait le titre de la page, *Encyclopédie*, volume dix-neuf. Elle posa une main timide sur le bras de Jean-Sol ; il s'arrêta d'écrire.

— Vous en êtes déjà là, dit Alise.

1. Anagramme de Raymond Queneau ; cf. le poème « Don Evané Marquy » de celui-ci dans *Les Ziaux* (*Œuvres complètes* I, La Pléiade, Gallimard, p. 51).

– Oui, répondit Jean-Sol. Vous vouliez me parler?

– Je voulais vous demander de ne pas le publier, dit-elle.

– C'est difficile, dit Jean-Sol. On l'attend.

Il retira ses lunettes, souffla sur les verres, et les remit; on ne voyait plus ses yeux.

– Bien sûr, dit Alise. Mais je veux dire, il faudrait seulement le retarder.

– Oh, dit Jean-Sol, s'il n'y a que ça, on peut voir.

– Il faudrait le retarder de dix ans, dit Alise.

– Oui? dit Jean-Sol.

– Oui, dit Alise. Dix ans, ou plus, naturellement. Vous savez, il vaut mieux laisser les gens économiser pour pouvoir l'acheter.

– Ça sera assez embêtant à lire, dit Jean-Sol Partre, parce que ça m'embête déjà beaucoup à écrire. J'ai une forte crampe au poignet gauche à force de tenir la feuille.

– Je regrette pour vous, dit Alise.

– Que j'aie une crampe?

– Non, dit Alise, que vous ne vouliez pas retarder la publication.

– Pourquoi?

– Je vais vous expliquer : Chick dépense tout son argent à acheter ce que vous faites, et il n'a plus d'argent.

— Il ferait mieux d'acheter autre chose, dit Jean-Sol, moi je n'achète jamais mes livres.

— Il aime ce que vous faites.

— C'est son droit, dit Jean-Sol. Il a fait son choix.

— Il est trop engagé, je trouve, dit Alise. Moi, j'ai fait mon choix aussi, mais je suis libre, parce qu'il ne veut plus que je vive avec lui, alors je vais vous tuer, puisque vous ne voulez pas retarder la publication.

— Vous allez me faire perdre mes moyens d'existence, dit Jean-Sol. Comment voulez-vous que je touche mes droits d'auteur si je suis mort ?

— Ça vous regarde, dit Alise, je ne peux pas tout prendre en considération puisque je veux vous tuer avant tout.

— Mais vous admettez bien que je ne puisse pas me rendre à une raison comme celle-là ? demanda Jean-Sol Partre.

— J'admets, dit Alise.

Elle ouvrit son sac et en tira l'arrache-cœur de Chick, qu'elle avait pris depuis plusieurs jours dans le tiroir de son bureau.

— Vous voulez défaire votre col ? demanda-t-elle.

— Écoutez, dit Jean-Sol en retirant ses lunettes, je trouve cette histoire idiote.

300

Il déboutonna son col. Alise rassembla ses forces, et, d'un geste résolu, elle planta l'arrache-cœur dans la poitrine de Partre. Il la regarda, il mourait très vite, et il eut un dernier regard étonné en constatant que son cœur avait la forme d'un tétraèdre[1]. Alise devint très pâle, Jean-Sol Partre était mort maintenant et le thé refroidissait. Elle prit le manuscrit de l'*Encyclopédie* et le déchira. Un des garçons vint essuyer le sang et toute la cochonnerie que cela faisait avec l'encre du stylo sur la petite table rectangulaire. Elle paya le garçon, ouvrit les deux branches de l'arrache-cœur, et le cœur de Partre resta sur la table ; elle replia l'instrument brillant et le remit dans son sac, puis elle sortit dans la rue, tenant la boîte d'allumettes que Partre gardait dans sa poche.

---

1. Dans une note de 1946, Vian retient la valeur sacrée du tétraèdre : selon les pythagoriciens, le feu était formé de tétraèdres.

LVII

Elle se retourna. Une épaisse fumée noire emplissait la vitrine et des gens commençaient à regarder, elle avait brûlé trois allumettes avant de faire partir le feu, les livres de Partre ne voulaient pas s'enflammer. Le libraire gisait derrière son bureau, son cœur, à côté de lui, commençait à brûler, une flamme noire et des jets recourbés de sang bouillant s'en échappaient déjà. Les deux premières librairies, trois cents mètres en arrière, flambaient en craquant et en ronflant, et les libraires étaient morts, tous ceux qui avaient vendu des livres à Chick allaient mourir de la même façon et leur librairie brûlerait. Alise pleurait et se hâtait, elle se rappelait les yeux de Jean-Sol Partre en voyant son cœur, elle ne voulait pas le tuer au début, seulement empêcher son nouveau livre de paraître et sauver Chick de cette ruine qui montait lentement autour de lui. Ils étaient tous ligués contre Chick, ils voulaient lui prendre son argent, ils profitaient de sa passion pour Partre, ils lui vendaient de vieux habits sans valeur, et des pipes avec des empreintes, ils méritaient le sort qui les attendait. Elle vit à sa gauche une vitrine garnie de volumes brochés, elle s'arrêta, reprit sa respiration et entra. Le libraire s'approcha d'elle.

— Vous désirez? demanda-t-il.

— Avez-vous du Partre? dit Alise.

— Mais oui, dit le libraire, cependant, pour l'instant, je ne peux vous fournir de reliques, elles sont toutes retenues par un bon client.

— C'est Chick? dit Alise.

— Oui, répondit le libraire, je crois que c'est son nom.

— Il ne viendra plus vous en acheter, dit Alise.

Elle s'approcha de lui et laissa tomber son mouchoir. Le libraire se baissa en craquant pour le ramasser, elle lui planta l'arrache-cœur dans le dos d'un geste rapide, elle pleurait et tremblait de nouveau, il tomba, la figure contre le plancher, elle n'osa pas reprendre son mouchoir, il avait resserré ses doigts dessus. L'arrache-cœur ressortit, entre ses branches il tenait le cœur du libraire, tout petit et rouge clair, elle écarta les branches et le cœur roula près de son libraire. Il fallait se dépêcher, elle prit une pile de journaux, frotta une allumette et la lança sous le comptoir, et jeta les journaux dessus, puis précipita dans les flammes une douzaine de Nicolas Calas[1] qu'elle prit sur le rayon le plus proche, et la flamme se rua sur les livres avec une vibration chaude; le bois du comptoir fumait et craquait, des vapeurs remplissaient le magasin. Alise bascula une dernière rangée de livres dans le feu et sortit à tâtons, elle retira le bec-de-cane pour qu'on n'entre pas et se remit à courir. Ses yeux piquaient et ses cheveux sentaient la fumée, elle courait et les larmes ne coulaient presque plus sur ses joues, le vent les séchait tout de suite. Elle se rapprochait du quartier où vivait Chick, il restait encore deux ou trois librairies seulement, les autres ne présentant pas de danger pour lui. Elle se retourna avant d'entrer dans la suivante; loin derrière elle on voyait monter de grosses colonnes de fumée dans le ciel et les gens se pressaient pour regarder marcher les appareils compliqués du Corps des Pompeurs. Leurs grosses voitures blanches passèrent dans la rue comme elle refermait la porte; elle les suivit des yeux à travers la glace, et le libraire s'approcha d'elle en lui demandant ce qu'elle désirait.

---

1. Auteur en 1938 de *Foyers d'incendie* (Paris, Denoël), essai philosophique d'inspiration à la fois freudienne, marxiste, surréaliste et nietzschéenne. Des notes de Vian témoignent de son intérêt ironique pour cet essai.

LVIII

— Vous, dit le sénéchal de la police, vous res-
terez là, à droite de la porte, et vous, Douglas,
continua-t-il en se tournant vers le second des
deux gros agents, vous vous mettrez à gauche, et
ne laissez personne entrer.

Les deux agents d'armes désignés prirent leur
égalisateur et laissèrent retomber la main droite
le long de la cuisse droite, le canon dirigé vers le
genou, dans la position réglementaire. Ils assu-
jettirent la jugulaire de leur casque sous leur
menton, qui débordait devant et derrière. Le
sénéchal entra, suivi des quatre maigres agents
d'armes ; il en plaça de nouveau un de chaque
côté de la porte avec mission de ne laisser sortir personne. Il se dirigea vers l'escalier, suivi des
deux maigres qui restaient. Ils se ressemblaient,
ils avaient le teint bistré et les yeux noirs, et les
lèvres minces.

LIX

Chick arrêta le pick-up pour changer les deux disques qu'il venait d'écouter simultanément jusqu'au bout. Il en prit d'une autre série ; sous un des disques, il trouva une photo d'Alise, il croyait l'avoir perdue. Elle était de trois quarts, éclairée par une lumière fondue, et le photographe avait dû mettre un projecteur derrière elle pour faire du soleil dans le haut de ses cheveux. Il changea les disques et garda la photo à la main. En jetant un coup d'œil par la fenêtre, il constata que de nouvelles colonnes de fumée montaient, plus près de chez lui. Il allait écouter ces deux disques et descendre voir le libraire d'à côté. Il s'assit, sa main ramena la photo sous ses yeux, en la regardant plus attentivement, elle ressemblait à Partre ; peu à peu, l'image de Partre se formait sur celle d'Alise et il sourit à Chick, certainement, il lui dédicacerait ce qu'il voudrait ; des pas montaient dans l'escalier, il écouta, et des coups retentirent à sa porte. Il posa la photo, arrêta le pick-up, et alla ouvrir. Devant lui, il vit la combinaison de cuir noir d'un des agents d'armes, le second suivait et le sénéchal de la police entra le dernier, sur son vêtement rouge et son casque noir rampaient des reflets fugaces dans la pénombre du palier.

— Vous vous appelez Chick? dit le sénéchal.

Chick recula et sa figure devint blanche. Il recula jusqu'au mur où étaient ses beaux livres.

— Qu'est-ce que j'ai fait? demanda-t-il.

Le sénéchal fouilla dans sa poche de poitrine et lut le papier :

Recouvrement d'impôts chez le sieur Chick, avec saisie préalable. Passage à tabac de contrebande et blâme sévère. Saisie totale ou même partielle compliquée de violation de domicile.

— Mais… je paierai mes impôts, dit Chick.

— Oui, dit le sénéchal, vous les paierez après. D'abord il faut que nous vous passions à tabac de contrebande. C'est un tabac très fort; nous utilisons l'abréviation pour que les gens ne s'émeuvent pas.

— Je vais vous donner mon argent, dit Chick.

— Certainement, dit le sénéchal.

Chick s'approcha de la table et ouvrit le tiroir; il y gardait un arrache-cœur de grand modèle et un tue-flics en mauvais état. Il ne trouva pas

307

l'arrache-cœur mais le tue-fliques bosselait une pile de vieux papiers.

— Dites donc, dit le sénéchal, c'est bien de l'argent que vous cherchez?

Les deux agents s'étaient écartés l'un de l'autre et tenaient leur égalisateur. Chick se redressa, il avait le tue-fliques à la main.

— Attention, chef! dit un des agents d'armes.

— J'appuie, chef? demanda le second.

— Vous ne m'aurez pas comme ça, dit Chick…

— Très bien, dit le sénéchal, alors on va prendre vos livres.

Un des agents saisit un livre à portée de sa main. Il l'ouvrit brutalement.

— Rien que de l'écrit, chef, annonça-t-il.

— Violez, dit le sénéchal.

L'agent saisit le livre par la reliure et l'agita avec force. Chick se mit à hurler.

— Ne touchez pas à ça!…

— Dites donc, dit le sénéchal, pourquoi est-ce que vous ne vous servez pas de votre tue-fliques? Vous savez très bien que le papier porte : Violation de domicile.

— Lâchez ça, rugit Chick de nouveau, et il leva son tue-fliques, mais l'acier s'abaissa sans claquer.

— J'appuie, chef? demanda à nouveau l'agent d'armes.

Le livre venait de se détacher de sa reliure et Chick se rua en avant, lâchant le tue-fliques inutilisable.

— Appuyez, Douglas, dit le sénéchal en reculant.

Le corps de Chick s'abattit aux pieds des agents d'armes; tous les deux avaient tiré.

— On le passe à tabac de contrebande, chef? demanda l'autre agent d'armes.

Chick remuait encore un peu. Il se souleva sur les mains et parvint à s'agenouiller. Il tenait son ventre et sa figure grimaçait pendant que des gouttes de sueur tombaient dans ses yeux. Il avait une grande entaille au front.

— Laissez ces livres… murmura-t-il.

Sa voix était rauque et cassée.

— Nous allons les piétiner, dit le sénéchal. Je pense que vous serez mort dans quelques secondes.

La tête de Chick retombait, il s'efforçait de la redresser, mais son ventre lui faisait mal comme si des lames triangulaires tournaient à l'intérieur. Il réussit à mettre un pied par terre, mais l'autre genou refusait de se déplier. Les agents d'armes s'approchèrent des livres pendant que le sénéchal faisait deux pas vers Chick.

— Ne touchez pas ces livres, dit Chick.

On entendait le sang gargouiller dans sa gorge, et sa tête penchait de plus en plus. Il lâcha son ventre, ses mains étaient rouges, elles frappèrent l'air sans but et il retomba, le visage contre le plancher. Le sénéchal de la police le retourna du pied. Il ne bougeait plus et ses yeux ouverts regardaient plus loin que la chambre. Sa figure était coupée en deux par la barre de sang qui avait coulé de son front.

— Piétinez, Douglas! dit le sénéchal. Je vais personnellement briser cet appareil à bruit.

Il passa devant la fenêtre et vit qu'un gros champignon de fumée s'élevait lentement vers lui, issu du rez-de-chaussée de la maison voisine.

— Inutile de piétiner soigneusement, ajouta-t-il, la maison d'à côté est en train de brûler. Faites vite, c'est l'essentiel. Il n'en restera pas trace, mais je consignerai l'ensemble dans mon rapport.

La figure de Chick était toute noire. Sous son corps, la flaque de sang se coagulait en étoile.

LX

Nicolas dépassa l'avant-dernière librairie à laquelle Alise venait de mettre le feu. Il avait croisé Colin qui se rendait à son travail et savait la détresse d'Alise. En téléphonant à son club il apprit immédiatement la mort de Partre et se mit à la poursuite de sa nièce, il voulait la consoler et lui remonter le moral, et la garder avec lui jusqu'à ce qu'elle soit gaie comme avant. Il vit la maison de Chick, et une flamme longue et mince sortit du milieu de la vitrine du libraire d'à côté, faisant éclater la glace comme sous un coup de marteau. Il remarqua, devant la porte, la voiture du sénéchal de la police et vit que le chauffeur la faisait avancer un peu pour éviter la zone dangereuse, et il aperçut aussi les silhouettes noires des agents d'armes. Les Pompeurs apparurent presque aussitôt ; leur voiture s'arrêta devant la librairie en faisant un bruit terrible. Nicolas luttait déjà avec la serrure, il réussit à briser la porte à coups de

pied et courut vers l'intérieur. Tout brûlait au
fond du magasin, le corps du libraire étendu les
pieds dans les flammes, son cœur à côté de lui,
et il vit l'arrache-cœur de Chick par terre. Le feu
jaillissait en grosses sphères rouges et en langues
pointues qui perçaient d'un seul coup les murs
épais de la boutique, et Nicolas se jeta à terre
pour ne pas être atteint, et à ce moment il sentit,
au-dessus de lui, le violent déplacement d'air produit par le jet extincteur des appareils des Pompeurs ; le bruit du feu redoubla pendant que le
jet l'assaillait à la base. Les livres brûlaient en
crépitant et les pages noircies s'envolaient en battant et passaient au-dessus de la tête de Nicolas
en sens inverse de celui du jet, et il pouvait à
peine respirer tant tout cela faisait du fracas et
des flammes. Il pensait qu'Alise ne serait pas res-
tée dans le feu, mais il ne voyait pas la porte par
où elle aurait pu s'en aller, et le feu se débattait
contre les Pompeurs et parut s'élever rapidement,
dégageant la zone basse qui semblait s'éteindre ;
il restait au milieu des cendres sales une brillante
lueur, plus brillante que les flammes. La fumée
disparut très vite aspirée vers l'étage du dessus,
les livres s'éteignirent, mais le plafond brûlait
plus fort que jamais. Il n'y avait plus, près du sol,
que cette lueur. Souillé de cendres, les cheveux
noircis, respirant à peine, Nicolas s'avança en

rampant vers la clarté, il entendait les bottes des Pompeurs qui s'affairaient, et, sous une poutre de fer tordue, il aperçut l'éblouissante toison blonde ; les flammes n'avaient pu la dévorer car elle était plus éclatante qu'elles ; il l'enfouit dans sa poche intérieure et sortit. Il marchait d'un pas mal assuré, les Pompeurs le regardèrent partir ; le feu faisait rage aux étages supérieurs et ils s'apprê-taient à isoler le bloc de bâtiments pour le laisser brûler car il ne restait plus de liquide extincteur. Nicolas suivait le trottoir, sa main droite, sur sa poitrine, caressait les cheveux d'Alise, il entendit le bruit de la voiture du sénéchal de la police qui le dépassa, à l'arrière, il reconnut la combinaison de cuir rouge du sénéchal. En écartant un peu le revers de son veston, il se trouvait tout baigné de soleil, seuls ses yeux restaient dans l'ombre.

LXI

Colin apercevait le trentième pilier. Il marchait depuis le matin dans la cave de la Réserve d'Or. Sa tâche consistait à crier quand il voyait des hommes venir voler l'or. La cave était très grande, il fallait un jour, en allant vite, pour en faire le tour, au centre, se dressait la chambre blindée où l'or mûrissait lentement dans une atmosphère de gaz mortels. Ce métier rapportait beaucoup si l'on arrivait à faire le tour dans sa journée. Colin ne se sentait pas en assez bonne forme physique et il faisait trop nuit dans la cave. Malgré lui, il se retournait de temps en temps et perdait sur l'horaire, et il ne voyait derrière lui que le minuscule point rayonnant de la dernière lampe, et devant lui la lampe suivante qui grossissait lentement.

Les voleurs d'or ne venaient pas tous les jours, mais on devait tout de même passer au contrôle au moment prévu, sinon on subissait une retenue d'appointements. Il fallait respecter l'horaire

pour se trouver prêt à crier quand les voleurs passaient ; c'étaient des hommes d'habitudes très
régulières.

Colin souffrait du pied droit, la cave,
construite de dure pierre artificielle, présentait
un sol rugueux et inégal. Il força un peu en
dépassant la huitième ligne blanche afin d'arriver au trentième pilier en temps voulu. Il se
mit à chanter tout haut, pour accompagner sa
marche, et s'arrêta car les échos lui renvoyaient
des mots hachés et menaçants, et chantaient un
air opposé au sien.

Les jambes douloureuses, il allait inlassable-
ment, et dépassa le trentième pilier. Machinalement, il se retourna, croyant voir quelque chose
derrière ; il perdit encore cinq secondes et fit
quelques pas accélérés pour se rattraper.

LXII

On ne pouvait plus entrer dans la salle à manger, le plafond rejoignait presque le plancher auquel il était réuni par des projections mi-végétales mi-minérales, qui se développaient dans l'obscurité humide. La porte du couloir ne s'ouvrait plus, seul subsistait un étroit passage menant de l'entrée à la chambre de Chloé. Isis passa la première, Nicolas la suivait. Il avait l'air hébété; quelque chose gonflait la poche intérieure de son veston et de temps à autre il portait la main à sa poitrine.

Isis regarda le lit avant d'entrer dans la chambre, Chloé était toujours entourée de fleurs. Ses mains allongées sur les couvertures tenaient à peine une grosse orchidée blanche qui paraissait beige à côté de sa peau diaphane. Elle avait les yeux ouverts et remua à peine en voyant Isis s'asseoir près d'elle. Nicolas vit Chloé, et il détourna la tête, il aurait voulu lui sourire, il s'approcha d'elle et lui caressa la main, il s'assit aussi et Chloé ferma doucement les yeux et les rouvrit, elle paraissait contente de les voir.

— Tu dormais? demanda Isis à voix basse.

Chloé dit non avec ses yeux, elle chercha la main d'Isis avec ses doigts frêles. Sous son autre main, elle cachait la souris dont ils virent briller les yeux noirs et vifs et qui trottina sur le lit pour se rapprocher de Nicolas. Il la prit délicatement et l'embrassa sur son petit museau lustré, et elle retourna près de Chloé. Les fleurs frissonnaient autour du lit, elles ne résistaient pas longtemps, et Chloé se sentait plus faible d'heure en heure.

— Où est Colin? demanda Isis.

— Travail… dit Chloé dans un souffle.

— Ne parle pas, dit Isis, je poserai les questions autrement; elle approcha sa jolie tête brune de celle de Chloé et l'embrassa avec précaution.

— Il travaille à sa banque? dit-elle.

Les paupières de Chloé se fermèrent.

Et on entendit un pas dans l'entrée, Colin apparut à la porte, il tenait de nouvelles fleurs, mais il n'avait plus de travail. Les hommes étaient passés trop tôt, il ne pouvait plus marcher. Comme il faisait de son mieux, il rapportait un peu d'argent, ces fleurs.

Chloé parut plus tranquille, elle souriait presque, maintenant, et Colin vint tout près d'elle, il l'aimait beaucoup trop pour les forces qu'elle avait, maintenant, et l'effleurait à peine, de peur de la briser complètement, de ses pauvres mains encore abîmées par le travail, il lissa les cheveux sombres.

Il y avait Nicolas, Colin, Isis et Chloé, Nicolas se mit à pleurer car Chick et Alise ne viendraient jamais plus et Chloé allait si mal.

LXIII

L'Administration donnait beaucoup d'argent à Colin mais c'était trop tard. Il devait maintenant monter chez des gens tous les jours, on lui remettait une liste, il annonçait les malheurs un jour avant qu'ils n'arrivent. Tous les jours, il se rendait dans les quartiers populeux ou bien dans les beaux quartiers. Il montait des tas de marches, il était très mal reçu ; on lui lançait à la tête des objets lourds et blessants, et des mots durs et pointus, et on le mettait à la porte ; il touchait de l'argent pour cela et donnait satisfaction ; il conserverait ce travail. La seule chose qu'il pouvait faire, c'était cela, se faire mettre à la porte. La fatigue le tenaillait, lui soudait les genoux, lui creusait la figure, ses yeux ne voyaient plus que les laideurs des gens, sans cesse il annonçait les malheurs à venir ; sans cesse on le chassait, avec des coups, des cris, des larmes, des injures.

Il monta les deux marches, et suivit le couloir et frappa, reculant d'un pas sitôt après ; quand les gens voyaient sa casquette noire, ils savaient et le maltraitaient, mais Colin ne devait rien dire, on le payait pour ce travail. La porte s'ouvrit, il prévint et partit, un lourd morceau de bois l'atteignit dans le dos, il chercha sur la liste le nom suivant, et vit que c'était le sien. Alors, il jeta sa casquette et il marcha dans la rue, et son cœur se fit de plomb, car le lendemain, Chloé serait morte.

LXIV

Le Religieux parlait avec le Chuiche et Colin attendit la fin de leur conversation, puis il s'approcha. Il ne voyait plus la terre sous ses pas et, chaque fois, il trébuchait, ses yeux regardaient Chloé sur leur lit de noces, mate avec ses cheveux sombres et son nez droit, son front un peu bombé, sa figure à l'ovale arrondi et doux et ses paupières fermées qui l'avaient rejetée du monde.

— Vous venez pour l'enterrement ? dit le Religieux.

— Chloé est morte, dit Colin.

Il entendit Colin dire « Chloé est morte », et ne le crut pas.

— Je sais, dit le Religieux, quel prix voulez-vous y mettre ? Vous désirez sans doute une belle cérémonie ?

— Oui, dit Colin.

321

– Je peux vous faire quelque chose de très bien dans les deux mille doublezons, dit le Religieux. J'ai aussi plus cher.

– Je n'ai que vingt doublezons, dit Colin. Je pourrais peut-être en avoir trente ou quarante de plus mais pas tout de suite.

Le Religieux remplit ses poumons d'air et souffla d'un air dégoûté.

– C'est une cérémonie de pauvre, alors, qu'il vous faut.

– Je suis pauvre… dit Colin, et Chloé est morte…

– Oui, dit le Religieux, mais on devrait toujours s'arranger pour mourir avec de quoi se faire enterrer décemment. Alors vous n'avez même pas cinq cents doublezons ?

– Non, dit Colin. Je pourrai arriver jusqu'à cent si vous acceptez d'être payé en plusieurs fois ; est-ce que vous vous rendez compte de ce que c'est de se dire « Chloé est morte » ?

– Vous savez, dit le Religieux, j'ai l'habitude, alors ça ne me fait plus d'effet. Je devrais vous conseiller de vous adresser à Dieu, mais j'ai peur que pour une si faible somme, ce ne soit contre-indiqué de le déranger.

– Oh ! dit Colin, je ne vais pas le déranger. Je ne crois pas qu'il puisse grand-chose, voyez-vous, parce que Chloé est morte.

— Changez de sujet, dit le Religieux. Pensez… à… je ne sais pas, moi, n'importe quoi par exemple.

— Est-ce que pour cent doublezons j'aurai une cérémonie décente ? dit Colin.

— Je ne veux même pas envisager cette solution, dit le Religieux, vous irez bien jusqu'à cent cinquante.

— Je mettrai du temps à vous les payer.

— Vous avez un travail… vous me signerez un petit papier.

— Si vous voulez, dit Colin.

— Dans ces conditions, dit le Religieux, peut-être iriez-vous jusqu'à deux cents, et vous auriez le Bedon et le Chuiche de votre côté, tandis qu'à cent cinquante ils sont dans le parti opposé.

— Je ne peux pas, dit Colin. Je crois que je n'aurai pas très longtemps ce travail.

— Alors, nous disons cent cinquante… conclut le Religieux. C'est regrettable, ce sera une cérémonie véritablement infecte. Vous me dégoûtez, vous lésinez trop.

— Je m'excuse, dit Colin.

— Venez signer les papiers, dit le Religieux et il le poussa brutalement.

Colin se heurta à une chaise, le Religieux, furieux de ce bruit, le poussa de nouveau vers la sacristoche et le suivit en grommelant.

LXV

Les deux porteurs trouvèrent Colin qui les attendait dans l'entrée de l'appartement. Ils étaient couverts de saleté, car l'escalier se dégradait de plus en plus, mais ils avaient leurs vieux habits et n'en étaient pas à une déchirure près. On voyait, par les trous de leurs uniformes, les poils rouges de leurs vilaines jambes noueuses et ils saluèrent Colin en lui tapant sur le ventre, comme prévu au règlement des enterrements pauvres.

L'entrée ressemblait maintenant à un couloir de cave, ils baissèrent la tête pour arriver à la chambre de Chloé. Ceux du cercueil étaient partis, on ne voyait plus Chloé mais une vilaine boîte noire marquée d'un numéro d'ordre et toute bosselée. Ils la saisirent, et s'en servant comme d'un bélier, la précipitèrent par la fenêtre, on ne descendait les morts à bras qu'à partir de cinq cents doublezons. C'est pour cela, pensa Colin, que la boîte a tant de bosses ; et il pleura parce que

Chloé devait être meurtrie et abîmée ; il songea qu'elle ne sentait plus rien et pleura plus fort ; la boîte fit un fracas sur les pavés et brisa la jambe d'un enfant qui jouait à côté, on le repoussa contre le trottoir, et ils la hissèrent sur la voiture à morts, c'était un vieux camion peint en rouge et un des deux porteurs conduisait.

Très peu de gens suivaient le camion, Nicolas, Isis et Colin, et deux ou trois qu'ils ne connaissaient pas ; le camion allait assez vite ; ils durent courir pour le suivre ; le conducteur chantait à tue-tête ; il ne se taisait qu'à partir de deux cent cinquante doublezons.

Devant l'église, on s'arrêta, et la boîte noire resta là pendant que tous entraient pour la cérémonie. Le Religieux, l'air renfrogné, leur tournait le dos et commença à s'agiter sans conviction, Colin restait debout devant l'autel, il leva les yeux : devant lui, accroché à la paroi, il y avait Jésus sur sa croix, il avait l'air de s'ennuyer et Colin lui demanda :

— Pourquoi est-ce que Chloé est morte ?

— Je n'ai aucune responsabilité là-dedans, dit Jésus. Si nous parlions d'autre chose.

— Qui est-ce que cela regarde ?... demanda Colin.

Ils s'entretenaient à voix très basse et les autres n'entendaient pas leur conversation.

325

— Ce n'est pas moi, en tout cas, dit Jésus.

— Je vous avais invité à mon mariage, dit Colin.

— C'était réussi, dit Jésus. Je me suis bien amusé. Pourquoi n'avez-vous pas donné plus d'argent cette fois-ci?

— Je n'en ai plus, dit Colin. Et puis ce n'est pas mon mariage, cette fois-ci.

— Oui… dit Jésus.

Il paraissait gêné.

— C'est très différent, dit Colin. Cette fois, Chloé est morte. Je n'aime pas l'idée de cette boîte noire.

— Mmmmmm… dit Jésus.

Il regardait ailleurs et semblait s'ennuyer. Le Religieux tournait une crécelle en hurlant des vers latins.

— Pourquoi l'avez-vous fait mourir? demanda Colin.

— Oh… dit Jésus, n'insistez pas.

Il chercha une position plus commode sur ses clous.

— Elle était si douce, dit Colin. Jamais elle n'a fait le mal, ni en pensée, ni en action.

— Ça n'a aucun rapport avec la religion, marmonna Jésus en bâillant.

Il secoua un peu la tête pour changer l'inclinaison de sa couronne d'épines.

— Je ne vois pas ce que nous avons fait, dit Colin, nous ne méritions pas cela.

Il baissa les yeux. Jésus ne répondit pas. Colin releva la tête. La poitrine de Jésus se soulevait doucement et régulièrement, ses traits respiraient le calme, ses yeux s'étaient fermés et Colin entendit sortir de ses narines un léger ronronnement de satisfaction, comme un chat repu. À ce moment, le Religieux sautait d'un pied sur l'autre et soufflait dans un tube, et la cérémonie était finie.

Le Religieux quitta le premier l'église et retourna dans la sacristoche mettre des gros souliers à clous. Colin, Isis et Nicolas sortirent et attendirent derrière le camion. Alors, le Chuiche et le Bedon apparurent, richement vêtus de couleurs claires. Ils se mirent à huer Colin et dansèrent comme des sauvages autour du camion, Colin se boucha les oreilles mais il ne pouvait rien dire, il avait signé pour l'enterrement des pauvres, et il ne bougea même pas en recevant les poignées de cailloux.

LXVI

Ils marchèrent pendant très longtemps dans les rues, les gens ne se retournaient même plus et le jour baissait. Le cimetière des pauvres était très loin. Le camion rouge roulait et sautait sur les inégalités du chemin, pendant que le moteur lâchait de joyeuses pétarades.

Colin n'entendait plus rien, il vivait en arrière et souriait quelquefois, il se rappelait tout. Nicolas et Isis marchaient derrière lui, Isis touchant de temps en temps l'épaule de Colin.

La route s'arrêta et le camion aussi, c'était l'eau. Les porteurs descendirent la boîte noire. Colin venait au cimetière pour la première fois; il était situé dans une île de forme indécise, dont les contours changeaient souvent avec le poids de l'eau. On la distinguait vaguement à travers les brouillards. Le camion resta sur le bord; on accédait à l'île par une longue planche souple et grise dont l'extrémité lointaine disparaissait dans la brume. Les porteurs lâchèrent de gros jurons et le premier s'engagea sur la planche, elle était juste assez large pour qu'on y passe. Ils tenaient la boîte noire avec de larges courroies de cuir brut qui leur passaient sur les épaules en faisant un tour autour du cou et le second porteur commençait à suffoquer, il devenait tout violet : sur le gris du brouillard, ça faisait très triste.

Colin suivit ; Nicolas et Isis se mirent, à leur tour, en marche le long de la planche ; le premier porteur piétinait exprès pour la secouer et la balancer de droite et de gauche. Il disparut au milieu d'une vapeur qui s'effilochait comme des filets de sucre dans l'eau d'un sirop. Leurs pas résonnaient sur la planche en gamme descendante et peu à peu, elle s'incurva, ils approchaient du milieu ; lorsqu'ils y passèrent, elle toucha l'eau et des vaguelettes symétriques clapotèrent des deux côtés ; l'eau la recouvrait presque. Elle était sombre et transparente ; Colin se pencha à droite, il regarda vers le fond, il croyait voir une chose blanche remuer vaguement dans la profondeur ; Nicolas et Isis s'arrêtèrent derrière lui, ils étaient comme debout sur l'eau. Les porteurs continuaient, la seconde moitié du chemin montait, et quand ils eurent dépassé le milieu, les petites vagues diminuèrent et la planche se décolla de l'eau avec un bruit de succion.

Les porteurs se mirent à courir ; ils tapaient des pieds et les poignées de la boîte noire sonnaient contre les parois. Ils arrivèrent à l'île avant Colin et ses amis et s'engagèrent pesamment dans le petit sentier bas dont deux haies de plantes sombres formaient les côtés. Le sentier décrivait des sinuosités bizarres, aux formes désolées, et le sol était poreux et friable. Il s'élargit un peu. Les feuilles des plantes tournaient au gris léger et les nervures ressortaient en or sur leur chair veloutée. Les arbres, longs et flexibles, retombaient en arc d'un bord à l'autre du chemin. À travers la voûte ainsi formée, le jour produisait un halo blanc sans éclat. Le sentier se divisa en plusieurs branches et les porteurs prirent à droite sans hésitation, Colin, Isis et Nicolas se hâtaient pour les rattraper. On n'entendait pas d'animaux dans les arbres ; seules des feuilles grises se détachaient parfois pour tomber lourdement sur le sol. Ils suivirent les ramifications du chemin. Les porteurs lançaient des coups de pied dans les arbres et leurs lourdes chaussures marquaient sur l'écorce spongieuse de profondes meurtrissures bleuâtres. Le cimetière était juste au milieu de l'île ; en grimpant sur les pierres, on pouvait, par-delà le sommet des arbres malingres, entrevoir, loin, vers l'autre rive, le ciel, croisé de noir, et marqué par le vol pesant des alérions sur les champs de morgeline et d'aneth.

Les porteurs s'arrêtèrent près d'un grand trou. Ils se mirent à balancer le cercueil de Chloé en chantant « À la salade », et ils appuyèrent sur le déclic. Le couvercle s'ouvrit et quelque chose tomba dans le trou avec un grand craquement ; le second porteur s'écroula à moitié étranglé, parce que la courroie ne s'était pas détachée assez vite de son cou. Colin et Nicolas arrivèrent en courant, Isis trébuchait derrière et alors le Bedon et le Chuiche, en vieilles salopettes pleines d'huile, sortirent tout à coup de derrière un tumulus et se mirent à hurler comme des loups, en jetant de la terre et des pierres dans la fosse.

Colin était affaissé à genoux, il avait la tête dans ses mains, les pierres faisaient un bruit mat en tombant et Isis pleurait près de Nicolas, alors le Chuiche, le Bedon et les deux porteurs se donnèrent la main, ils firent une ronde autour du trou, et puis soudain, ils filèrent vers le sentier et disparurent en farandole.

Le Bedon soufflait dans un gros cromorne et les sons rauques vibraient dans l'air mort. La terre s'éboulait peu à peu, et au bout de deux ou trois minutes, le corps de Chloé avait complètement disparu.

LXVII

La souris grise à moustaches noires fit un dernier effort et réussit à passer. Derrière elle, d'un coup, le plafond rejoignit le plancher et de longs vermicules de matière inerte jaillirent en se tordant lentement par les interstices de la suture. Elle déboula en toute hâte à travers le couloir obscur de l'entrée dont les murs se rapprochaient l'un de l'autre en flageolant, et parvint à filer sous la porte. Elle atteignit l'escalier, le descendit, sur le trottoir elle s'arrêta. Elle hésita un instant, s'orienta, et se mit en route dans la direction du cimetière.

LXVIII

— Vraiment, dit le chat, ça ne m'intéresse pas énormément.

— Tu as tort, dit la souris. Je suis encore jeune et jusqu'au dernier moment, j'étais bien nourrie.

— Mais je suis bien nourri aussi, dit le chat. Et je n'ai pas du tout envie de me suicider, alors tu vois pourquoi je trouve ça anormal.

— C'est que tu ne l'as pas vu, dit la souris.

— Qu'est-ce qu'il fait? demanda le chat.

Il n'avait pas très envie de le savoir. Il faisait chaud et ses poils étaient tous bien élastiques.

— Il est au bord de l'eau, dit la souris, il attend, et quand c'est l'heure, il va sur la planche et il s'arrête au milieu. Il regarde dans l'eau. Il voit quelque chose.

— Il ne peut pas voir grand-chose, dit le chat. Un nénuphar, peut-être.

— Oui, dit la souris, il attend qu'il remonte pour le tuer.

— C'est idiot, dit le chat. Ça ne présente aucun intérêt.

— Quand l'heure est passée, continua la souris, il revient sur le bord et il regarde la photo.

— Il ne mange jamais? demanda le chat.

— Non, dit la souris, et il devient très faible, et je ne peux pas supporter ça. Un de ces jours, il va faire un faux pas en allant sur cette grande planche.

— Qu'est-ce que ça peut te faire? demanda le chat. Il est malheureux, alors?

— Il n'est pas malheureux, dit la souris, il a de la peine. C'est ça que je ne peux pas supporter. Et puis il va tomber dans l'eau, il se penche trop.

— Alors, dit le chat, si c'est comme ça, je veux bien te rendre ce service, mais je ne sais pas pourquoi je dis « si c'est comme ça », parce que je ne comprends pas du tout.

— Tu es bien bon, dit la souris.

— Mets ta tête dans ma gueule, dit le chat, et attends.

— Ça peut durer longtemps? demanda la souris.

— Le temps que quelqu'un me marche sur la queue, dit le chat; il me faut un réflexe rapide. Mais je la laisserai dépasser, n'aie pas peur.

La souris écarta les mâchoires du chat et fourra sa tête entre les dents aiguës. Elle la retira presque aussitôt.

— Dis donc, dit-elle, tu as mangé du requin, ce matin.

— Écoute, dit le chat, si ça ne te plaît pas, tu peux t'en aller. Moi ce truc-là, ça m'assomme. Tu te débrouilleras toute seule.

Il paraissait fâché.

— Ne te vexe pas, dit la souris.

Elle ferma ses petits yeux noirs et replaça sa tête en position. Le chat laissa reposer avec précaution ses canines acérées sur le cou mince, doux et gris. Les moustaches noires de la souris se mêlaient aux siennes. Il déroula sa queue touffue et la laissa traîner sur le trottoir.

Il venait, en chantant, onze petites filles aveugles de l'orphelinat de Jules l'Apostolique[1].

Memphis, 8 mars 1946.
Davenport, 10 mars 1946[2].

1. On sait qu'on attribue faussement les thermes du boulevard Saint-Michel, près du musée de Cluny, à saint Julien l'Apostat. Il semble que Vian fasse ici un clin d'œil aux habitués du quartier Latin, en même temps qu'à un de ses saints préférés – ironiquement –, saint Jules qui présida à la naissance de son fils Patrick, le 12 avril 1942.

2. Rappelons que Vian n'est jamais allé aux États-Unis, et n'a pas écrit son roman en deux jours! Memphis et Davenport, comme La Nouvelle-Orléans qui suit l'Avant-propos, insistent sur les références jazziques du roman : le jazz est né dans cette dernière ville – la première citée, évidemment –, puis s'est répandu en remontant le Mississippi – particulièrement à Memphis, Tennessee – avant de conquérir le Midwest, Chicago, Kansas City et Davenport, ville natale d'un trompette blanc que Vian prit un temps comme modèle, Bix Beiderbecke (1903-1931).

ANNEXES

REPÈRES BIOGRAPHIQUES

Il s'agit bien seulement de repères. On peut trouver un résumé biographique très détaillé dans plusieurs ouvrages, outre celui de Noël Arnaud, *Les Vies parallèles de Boris Vian* (Pauvert, 1966, Bourgois, 1981), par exemple *Obliques – Boris Vian de A à Z* (n°s 8-9, 1976, 1981), pp. 299-302, et Michel Rybalka, *Boris Vian* (Minard, 1969, 1984), pp. 175-182.

1920 (10 mars) : Naissance à Ville-d'Avray, second fils d'une famille (riche puis ruinée) de quatre enfants.

1932-1935 : Début du rhumatisme cardiaque qui, compliqué d'autres maladies mal soignées, entraînera une maladie de cœur fatale.

1935-1939 : Baccalauréats. « Taupe ». Entrée à l'École centrale des arts et manufactures. Jazz et surprises-parties.

1941 : Mariage avec Michelle Léglise qui l'entraînera en particulier à la traduction de l'anglo-américain.

1942 : Un fils, Patrick. Ingénieur à l'AFNOR (Association française de normalisation).

1943 : Trompettiste de jazz amateur. Écrit *Trouble dans les andains* (publié en 1966).

1944-1945 : Premières publications. Fréquentation de G.I.'s. *Vercoquin et le Plancton* est accepté par Gallimard sur l'instance de Raymond Queneau.

1946 : Ingénieur à l'Office du papier. Rencontre Sartre ; collabore aux *Temps modernes*. Publie sous le pseudonyme de Vernon Sullivan *J'irai cracher sur vos tombes*, best-seller de 1947.

1947 : Publication de *Vercoquin et le Plancton*, *L'Écume des jours*, *L'Automne à Pékin* et, signant encore Vernon Sullivan, *Les morts ont tous la même peau*. Trompette au club Tabou. Abandonne le métier d'ingénieur.

1948 : Une fille, Carole. Trompette au Club Saint-Germain-des-Prés. Conférencier. Procès de *J'irai cracher sur vos tombes*. Publication de *Et on tuera tous les affreux*, *Barnum's Digest* et de deux traductions de Raymond Chandler.

1949 : Publication de *Cantilènes en gelée* et *Les Fourmis*.

1950 : Représentation de *L'Équarrissage pour tous*. Publication de *L'Herbe rouge* et *Elles se rendent pas compte* (Vernon Sullivan).

1951 : Composition du *Goûter des généraux* (représenté en 1965). Jusqu'en 1953, traductions, parfois alimentaires.

1952 : Divorce. Collège de 'Pataphysique. Composition de l'essentiel de *Je voudrais pas crever*.

1953 : Représentation de l'opéra *Le Chevalier de neige*. Publication de *L'Arrache-cœur*.

1954 : Mariage avec Ursula Kübler. Début de son tour de chant.

1955 : Directeur artistique chez Philips. Composition de nombreuses chansons, scénarios, etc.

1956 : Deuxième version de *L'Automne à Pékin*.

1957 : Composition des *Bâtisseurs d'empire* (publié et joué en 1959).

1958 : Représentation de l'opéra *Fiesta* à Berlin. Publication d'*En avant la zizique*.

1959 : Rôles au cinéma. Articles, radio, cérémonie pataphysique…

23 juin : mort au début de la préprojection du film *J'irai cracher sur vos tombes*, réalisé sans lui et même contre son gré.

LANGUE

Dans la création d'un univers fictionnel et fantastique, la langue et le style peuvent importer autant que l'imaginaire lui-même. C'est le cas de *L'Écume des jours* où la forme participe intimement à l'originalité poétique.

Vian joue sur les niveaux de langue à l'instar de ses maîtres Rabelais, Jarry, Céline ou Queneau ; il passe du grossier – conneries / foutre / engueuler – ou du familier – ça gaze ? / piger – au style soigné – lustrée à miracle – ou le plus relevé – tancer / incoercible / il appert / que je l'examinasse. La richesse du vocabulaire complète les ressources de l'écriture : Vian a recours à la langue archaïque – varlet, icelui, s'abluter, dextre –, au vocabulaire spécialisé : cuisine, botanique – morgeline, bifide –, héraldique – alérion, sur champ –, patinage – grand-aigle –, science et technique – dessiccation, cardioïde, alésoir, pisteur, pourpre de Cassius, phototropisme, etc. –, jusqu'à la coquetterie des mots rares – calmande, insoler, cromorne, grapefruit[1], s'entrebaiser.

1. C'est l'anglais pour *pamplemousse*, emprunt récent en français.

Mais Vian fait aussi appel à toutes les ressources du jeu verbal, du jeu de mots à la contrepèterie chère à Rabelais comme aux surréalistes et au mot-valise inventé par Lewis Carroll. Enfin les néologismes jouent un rôle essentiel dans la création de ce monde poétique. Voici une revue rapide des divers jeux sur les mots, puis un glossaire des néologismes du roman. Remarquons cependant que, par définition, cette liste n'est pas exhaustive, car on ne sait pas toujours où paraît le jeu de mots ni où commence le néologisme. À chaque lecture de *L'Écume des jours* ses découvertes!

LE JEU VERBAL

Jeux de mots

A. Sur double sens d'un mot : hot (33) (chaud / sens jazzique), cocotte (53) (femme aimée ou entretenue / petite marmite), nœuds et ventres (56) (physique et anatomie), exécuter (188) (effectuer / guillotiner), dossier (237) (de documents / de chaise), etc.

B. Retour au concret : prendre au pied de la lettre une expression imagée, syntagme devenu figé : [manger avec un] lance-pierres (28), pourboire (40), baver de convoitise (115), coupons la poire en deux (246).

C. Association aberrante du point de vue du sens : *nonsense* pour création d'un univers aux lois nouvelles : porto musqué (53), chêne syracusé (127), fresques à l'eau lourde (149), grenouilles à tuyères (189), érable mouché (241), peau de néant, épaisse et verte (289).

D. Faux sens : tramontane (48).

Jeux de signifiants, sur la forme des mots

A. Modification d'un syntagme par ajout ou collage (surimpression) : bonnes à presque tout faire (65), Pigeons-de-Rechange (89), velours marron à côtes d'ivoire (98), pédérastes d'honneur (99), bois de fer étamé (243), écouter un coup (247), arrache-cœurs (274), passage à tabac de contrebande (295).

B. Parodie de citation culturelle : série paradigmatique sur les titres de Sartre : *La Nausée* démultipliée… Faut-il y voir simplement une plaisanterie verbale, ou plutôt une satire réelle d'un philosophe-romancier-dramaturge qui « écri[t] n'importe quoi », reconnaît lui-même l'ennui de ses écrits, mêle astucieusement un peu de pensée et beaucoup de superflu (290 ; 298), ou les deux à la fois ? Du même genre est le jeu paradigmatique : « Le Cri du Patron » (152).

C. Parodie de recette de cuisine, de la vraie recette (26-27) au cocktail féerique (32-33), à la recette fantaisiste (53), puis à la cuisine de cantine ou de caserne (228 ; 230).

D. Contrepet, contrepèterie ou antistrophe : Jean-Sol Partre (30), portecuir en feuilles de Russie (39), vergé Saintorix (290).

E. Anagramme : Don Evany Marqué (298).

F. Calembour (confusion phonique de deux mots différents) : soucis (173), chaussures de serpent teint (202), coing (coin) (234), baise-bol (base-ball) (298).

G. Jeu phonétique : Duchesse de Bovouard (62), mantelet de larynx (pour lynx) (202).

H. Mot-valise ou surimpression : pianocktail (32) ; suppôt de Satin (240).

I. Jeu grammatical, avec changement de genre ou découpage inhabituel : un courge (78), l'icone écossais (82) ; – Faites, Nicolas, vous […] (52) – Nous, ajouta Chick, voudrions […] (188) ; l'héros (196).

GLOSSAIRE DES NÉOLOGISMES

N.B. : mots (vraisemblablement) naturalisés en littérature par Vian : *sweat-shirt* (43), *pulsé* (273).

agents d'armes : surimpression d'*agents* et *gendarmes*, avec rappel de l'étymologie « gens d'armes ».

antiquitaire : renouvelle *antiquaire*, à partir d'*antiquités*, sur le modèle propriété > propriétaire, société > sociétaire.

Bedon : surimpression de *bedeau* (employé ecclésiastique) et *bedon* (ventre rebondi), d'où une nuance satirique.

Béniction : renouvelle *bénédiction* en le raccourcissant et en le rapprochant de *bénir* : abréviation à opposer à l'allongement d'*antiquaire* en « antiquitaire ».

bidistillée : suffixe *bi-* et *distillé*, pour mieux raffiner le parfum de Chloé.

biglemoi : collage et substantivation de « bigle-moi ! », sur *bigler* : loucher, regarder avec curiosité ou envie ; le néologisme remplace le « joue contre joue » par « regard dans regard (de désir) ».

blocnoter : dérivation à l'anglaise d'un verbe sur un nom composé.

brouzillon (un) : néologisme-onomatopée pour inventer un insecte volant.

Cépédéiste : substantif dérivé du sigle CPDE, Compagnie Parisienne de Distribution d'Électricité (cf. RATP > « ératépiste », chez Raymond Queneau, *Les Fleurs bleues*, Paris, Gallimard/Folio, 1965-1978, p. 48).

Chevêche (le) : reprise dépréciative du nom d'un petit rapace nocturne, la chevêche, pour transformation un peu auvergnate de quelque chose comme évêque archevêque – voir *archevêché* –, avec une connotation de sommeil pendant le jour.

Chuiche : déformation phonétique comique – de type auvergnat ! – de *suisse* (employé ecclésiastique), avec peut-être relation à *chuinter*.

cinématographiste : substantif dérivé de façon classique de *cinématographe, -graphie, -graphique*.

députodrome : mot-valise comique et satirique par addition de *député* et *-drome* sur le modèle *aérodrome, hippodrome, vélodrome,*

« *ratodrome* » (Raymond Queneau, *Pierrot mon ami*, Gallimard/Folio, 1942-1972, p. 66).

dilatoirement : adverbe dérivé de *dilatoire*.

doctoriser (trousse à) : néologisme, dérivé de *docteur/doctorat/doctoral* ; suffixe original à rapprocher de *-ise* (franchise), *-iser* (sodomiser) et *-isant* (communisant).

doublezon : création d'une nouvelle monnaie par néologisme ; est-ce un mot-valise sur *double* et *pèze/pesons* ou une déformation emphatique de *doublon* ? Le suffixe *-on* peut avoir valeur augmentative (cf. million).

égalisateur : substantif dérivé d'*égaliser* au sens humoristique de « rendre égal dans la mort », comique prolongé par « à douze giclées » (au lieu de *coups*).

frigiploque : formation-déformation dépréciative sur *frigo/frigidaire* (pour réfrigérateur), avec terminaison argotique (cf. loufoque, vioque…).

gondolance : substantif dérivé de *se gondoler* (se tordre de rire) (cf. attirance, rouspétance…).

gratouillis : néologisme de la famille de « gratouiller » (cf. L'*Herbe rouge*, Le Livre de Poche, 1992, p. 33), lui-même mot-valise formé de gratter + chatouiller ; cf. « grattouiller » chez Jules Romains, *Knock*, II, 1 (1923).

nutritionner (se) : verbe classiquement et péjorativement dérivé de *nutrition*.

Peintureur : substantif dérivé de *peinture* et *peinturer*, avec la nuance dépréciative attachée à ce verbe.

pianocktail : mot-valise formé de la surimpression de *piano* et *cocktail*, pour une création de technique-fiction.

Pompeur : substitut comique à *pompier*, avec le suffixe *-eur* ordinaire pour des noms d'agent.

prioir : néologisme pour renouveler *prie-Dieu*, classiquement dérivé de *prier* avec le suffixe *-oir* (cf. abreuvoir, mouchoir…).

relatifs : anglicisme francisé : parents.

sacristoche : néologisme argotique, sur *sacristie* avec suffixe dépréciatif *-oche* (cf. pétoche, Alboche/Boche, etc.).

tapis-de-caoutchouté : dérivation verbale à l'anglaise, à partir d'un nom composé (cf. blocnoter).

tourneur de disques : périphrase spécialisée pour fabricant de disques, sorte de dérivation sur *tourne-disques*.

vermicule : latinisme, sur *vermiculus, vermis* (petit ver), néologisme de la famille de *vermiculé/vermiculaire/vermiculure*.

zonzonner : verbe dérivé de l'onomatopée « zonzon », bruit d'insectes volants.

TABLE

Composition réalisée par Asiatype

Achevé d'imprimer en avril 2009 en France sur Presse Offset par
Maury-Imprimeur - 45330 Malesherbes
N° d'imprimeur : 145135
Dépôt légal 1re publication : juin 2007
Édition 03 - avril 2009
LIBRAIRIE GÉNÉRALE FRANÇAISE - 31, rue de Fleurus - 75278 Paris Cedex 06

32/2212/4